비츄 현대 판타지 장편소설
WISHBOOKS MODERN FANTASY STORY

레벨업 어게인

LEVELUP
AGAIN

KB126155

레벨업 어게인 1
LEVEL UP AGAIN

비츄 현대 판타지 장편소설

초판 1쇄 찍은 날 | 2016년 12월 22일
초판 1쇄 펴낸 날 | 2016년 12월 29일

지은이 | 비츄
펴낸이 | 예경원

기획 | 위시북스
편집책임 | 박우진
편집 | 이즈플러스

펴낸곳 | 예원북스
등록번호 | 제396-2012-000132호
등록일자 | 2012. 7. 25
KFN | 제1-057호

주소 | 경기도 고양시 일산동구 호수로 646-24 위너스21Ⅱ빌딩 206A호 (우)10401
전화 | 031-819-9431 팩스 | 031-817-9432
E-mail | yewonbooks@naver.com

ⓒ비츄, 2016

ISBN 979-11-5845-303-9 04810
      979-11-5845-304-6 (set)

비츄 현대 판타지 장편소설
WISHBOOKS MODERN FANTASY STORY

레벨업
어게인
LEVELUP
AGAIN **1**

Wish Books

CONTENTS

프롤로그

어떻게든 그 또라이한테만 'HAN'이 넘어가지 않았으면
좋겠다고 생각했다.

그것은 나뿐만 아니라 최후의 던전에 모인 결사대 모두의
바람이었다. 하지만 시스템은 여지없이 놈의 편을 들어줬다.

짜증나는 상황이지만 이미 예상은 했었다.

[강유석 플레이어에게 'HAN'이 지급됩니다.]

이미 예상을 했었기에, 우리도 우리 나름대로 대비책을 세
웠다.

'제발…… 그 또라이가 가져선 안 돼.'

제발.

우리의 작전이 잘 먹혀 들어가면 좋겠다고 생각했다. 저 개또라이에게서 HAN을 무사히 잘 빼돌릴 수 있기를 기원했다.

'잘되고 있는 건가?'

그런데 이상했다. 아무런 변화도 일어나지 않았다.

지금은 개별적인 보상의 방으로 이동되어 있는 상태.

다시 말해 독립적인 공간에 각자가 따로 있다는 소리다.

다른 플레이어가 무엇을 하고 있는지 알 방도가 없었다. 그리고 얼마 뒤 믿을 수 없는 알림이 들려왔다.

우리의 작전과는 상관없는, 전혀 예상하지 못했던 알림음이었다.

[강유석 플레이어가 신희현 플레이어에게 'HAN'을 양도했습니다.]

[양도 절차가 진행됩니다.]

이 상황이 무슨 상황인가 파악하기도 전에 알림음이 계속해서 이어졌다.

[양도 절차가 완료되었습니다.]

[최후의 보상, 'HAN'의 사용 기간을 확인하십시오.]

땡! 땡! 땡! 땡!
빌어먹을 비상 알림음이 들려왔다.
뭔가를 필수로 확인해야 할 때 울리는 알림이다. 경고음이
머리를 울렸다. 머리가 아파왔다.
"젠장!"
아이템의 사용 기간이 거의 만료되었음을 알리는 알림음
이었다. 친절하게도 시간까지 알려줬다.

[1초]

이, 이런 미친!
욕을 미처 내뱉기도 전에.

['HAN'의 사용 기간이 만료되었습니다.]
[절차에 따라 시스템 리셋이 진행됩니다.]

알림이 끝났다.
……뭔가 이상한 일이 벌어졌다.

1장
시작의 방

목소리가 들려왔다.

"오빠, 갑자기 왜 그래?"

신희현은 주위를 둘러봤다.

'여기는…….'

이해할 수 없는 일이 벌어져 있었다. 그는 한참이나 생각을 해야만 했다.

지금 무슨 일이 일어난 건가.

믿을 수 없지만, 그 믿을 수 없는 일이 실제로 벌어졌다.

'HAN'을 얻기 전까지 믿을 수 없는 일을 정말 많이 경험했다고 자부했었는데 이런 경험은 처음이었다.

'이럴 수가…….'

약간의 시간이 흐른 뒤, 신희현은 상황을 파악할 수 있었다. 아무래도 과거로 돌아온 것 같았다.

'여기는⋯⋯.'

지금 꿈을 꾸고 있는 걸까.

그런 생각이 들었을 무렵.

[시스템 리셋이 완료되었습니다.]

라는 알림음이 들려왔다. 꿈은 아닌 것 같다.

꿈치고는 지나치게 생생했고, 이 알림은 신희현이 지난 8년간 듣던 매우 익숙한 알림음이다.

'여긴 도대체⋯⋯?'

마침 신희현은 핸드폰을 보고 있었다.

또 목소리가 들려왔다.

"오빠, 왜 그러냐니까?"

하지만 신희현은 대답하지 못했다. 분명 그는 최후의 던전에 있었고 그곳을 클리어하기에 이르렀다.

그리고 모두가 걱정한 것처럼 최후의 보상 'HAN'은 개또라이 강유석이 획득했다. 그리고 황당하게도 강유석은 사용 기간 만료 직전에 HAN을 신희현에게 넘겼다.

'그리고 아이템 만료 기간이 끝났고.'

그다음 시스템 리셋이 이루어졌다.

'그렇다는 말은…… 내가 과거로 돌아왔다는 소리인가? 그럼에도 불구하고 시스템은 그대로 작동하고 있고?'

아무래도 그런 것 같았다.

주위를 둘러봤다. 자신의 몸도 한 번 봤다. 소매를 걷어 봤다. 아무런 상처도 없었다. 옛날의 깨끗했던 몸. 그 상태 그대로다.

'이날은…….'

기억이 난다. 이날은…… 신희현의 군대 전역 날이었다.

신희현의 동생인 신희아가 신희현을 마중 나왔었다.

'확실해. 내 전역 날이다. 그렇다면…….'

그렇다면 지금의 상황이 말이 안 된다.

'원래대로라면…… 시스템이 활성화되기 전인데.'

더 정확하게 말하자면 '신희현의 시스템'이 활성화되려면 아직 1년도 넘게 남았다.

시스템이 아직 수면 위로 떠오르기 전이다. 분명 비밀리에 플레이하고 있는 사람들이 있기는 있을 거다. 이를테면 한국 최초의 플레이어라 알려진 최용민이라든지.

'하지만 나는 분명 시스템의 적용을 받고 있다.'

그렇게 따지면 1년의 시간을 더 벌었다고 할 수 있는 건가.

그런 생각이 들었다.

'지금의 이 시기면…… 김상목과 최용민도 갓 플레이를 시작했을 무렵인가?'

워낙 오래전 일이다 보니 기억이 가물가물했다.

그때 목소리가 들려왔다.

"오빠, 무슨 일이냐니까?"

"별거 아냐. 아, 맞다 맞다. 희아야."

뭔가 중요한 것을 말하려는 듯한 신희현의 태도에 신희아는 눈을 동그랗게 떴다.

"응?"

"그거 아냐?"

"뭘?"

"너 되게 구리게 생겼어."

"뭐얏?"

신희아는 쌍심지를 켰다.

"못생긴 것도 아니고 구리게 생겼다고? 오빠 진짜 죽어 볼래?"

신희현의 입가에 미소가 떠올랐다.

정말 오랜만이다. 8년 만에 보는 거다.

8년 만에 보는 동생은 기억 속의 동생과 똑같았다. 예전처럼, 대격변이 일어나기 전의 그때처럼 장난을 쳐 봤다.

"왜? 오빠 치게? 쳐 봐."

짝!

등짝에서 요란한 소리가 터져 나왔다. 그리고 신희현은 떠올렸다. 동생의 손이 기똥차게 맵다는 걸. 과장 조금 해서 죽는 줄 알았다.

신희아가 인상을 찡그렸다.

"왜 실실 웃어? 기분 나쁘네. 때릴 맛 떨어진다."

"아무것도 아니야."

이제 좀 실감이 난다. 정말로 돌아왔다. 그것도 과거의 기억을 모두 가지고서.

사실 아까는 이런 생각이 떠올랐었다.

'앞으로 2년 후에, 너 죽어.'

원래대로라면 그렇다. 이 평온한 일상이 2년 뒤면 깨진다.

'그땐 내가 힘이 없었어.'

하지만 이젠 다르다.

아직 풀리지 않은 미스터리는 많다. 어째서 강유석이 마지막 순간에 자신에게 HAN을 양보한 건지.

'하다못해 양보를 하려면 유효 시간이 많이 남았을 때 주든지. 그 개또라이 새끼가 진짜.'

거의 받자마자 유효 시간이 다 됐다. 이유야 어찌 됐든.

'시스템이 리셋되었다고 했다.'

시스템은 리셋되었고 그는 과거로 돌아왔다.

항상 텅 비어 있던 거실에는 이제 그의 가족들이 있을 터였다.

'이번 기회.'

……놓치지 않겠다.

그 개또라이가 세상에 나타나는 것도 막고.

신희현.

나이 23세.

21살에 입대하여 23살에 제대했다.

이제 갓 군인을 벗어나 민간인이 됐다.

그는 약간 특별했다.

어느 구석이 특별하느냐 묻는다면 바로 '학벌'이 특별하다고 할 수 있겠다.

누구나가 선망해 마지않는 서울대를 다니고 있었으니까.

'한가로이 공부나 하고 있을 시간이 없어.'

하지만 서울대고 나발이고.

'일단 살아 있어야 서울대도 의미가 있는 거지.'

일단 목숨이 왔다 갔다 하는 판국에 학벌이 무슨 상관이냔 말이다.

"뭐, 일단은……."

그런데 당장 학교를 때려치우겠다 말하는 것도 우습다.

대체 누가 '나 미래에서 왔어요. 1년 뒤에는 세계가 변하고 2년 뒤부터는 좀 심각하게 변해요. 그때를 대비해야 해요'라는 말을 믿겠는가.

미친놈 취급이나 안 당하면 다행이다.

'일단은…… 사태를 지켜봐야 해.'

그리고 희망적인 가정을 해보자면 과거로 돌아오기는 했으나 그 이상한 시스템이 활성화되지 않는 가정을 해볼 수 있겠다.

그렇게만 되면 모든 것이 완벽하다.

사랑하는 가족들을 잃지 않아도 되고 쓸데없이 목숨 걸고 이런저런 도박을 하지 않아도 되니까.

침대에 누웠다. 눈을 감았다. 상황들을 떠올려 봤다.

'내가 과거로 돌아온 것은 틀림없는 사실이고.'

확인을 해야 했다.

'시작의 방은 활성화되지 않은 것 같아.'

분명히 그랬다. 아무런 TIP 알림음도 없었다.

하지만 팁이고 뭐고, 이미 그는 팁 같은 건 필요 없다. 명령어를 알고 있으니까.

'시작의 방 활성화.'

아무런 변화도 없었다. 희현은 한숨을 내쉬었다.

그래, 그럴 리—

'어라……?'

알림음이 들려왔다.

[시작의 방 활성 명령어 입력 완료]

[시작의 방이 활성화됩니다.]

신희현을 주위를 둘러봤다.

아무도 없는 검은 공간. 익숙한 곳이다.

'시작의 방?'

시작의 방이다. 틀림없었다.

신희현은 이 시작의 방을 수도 없이 많이 경험했었다.

잠시 플레이어 육성 기관에 몸을 담았던 적이 있었는데, 이후 초보 플레이어들을 도와 플레이어로서의 성장을 도왔던 적이 있었으니까.

당시 그의 직함은 차석 교관이었다. 그 직함보다는 투덜이로 불리곤 했지만.

'어떻게 생각하면⋯⋯.'

어찌 생각하면 이건 대박이 될 수 있다.

'아니, 대박이다.'

그리고 목소리가 들려왔다.

언제나 그렇듯 거만한 목소리였다.

−플레이어로서의 각성을 축하한다.

마치 자신을 내리깔아 보는 듯한 그러한 말투. 덕분에 신희현은 이제 직감했다.

'나 지금, 쪼렙이야?'

피식 웃었다.

그래서 지금 시작의 방 헬퍼 따위가 날 아래로 내려다보고 있는 거야?

어이가 없어 웃음밖에 안 나왔다. 그래서 말했다.

"어디서 반질이야?"

목소리가 또 들려왔다.

−건방지구나, 인간. 죽고 싶은 거냐?

다시 한 번 확인할 수 있었다.

'와, 나 지금 개쪼렙이네. 헬퍼 따위가 감히.'

머릿속으로 계획을 그렸다.

시작의 방 가이드마저도 똑같았다. 그렇다면 이후 계획은 이미 정해져 있는 것과 다름없었다.

과거로 돌아왔다는 것을 인지함과 동시에 생각했던 것들이 있다. 주먹을 불끈 쥐었다.

헬퍼는 조금 더 화가 난 것 같았다.

-내 말이 들리지 않는 거냐? 벌레만도 못한 잡종 놈이 감히 내 말을 무시해?

헬퍼가 그러거나 말거나, 신희현은 이제 현실을 완전히 인정했다.

'내가 이번에 갈 길은…… 정해졌어.'

헬퍼가 버럭 소리를 질렀다.

-이 하찮은 벌레 새끼가!

신희현이 대답했다.

"그 벌레 새끼한테 한번 먼지 나게 맞아볼래?"

만약 신희현이 처음 시작의 방에 입성했다면 상황은 달랐을 것이다. 하지만 신희현은 헬퍼를 너무나 잘 알고 있다.

-이 벌레 같은 놈이! 죽고 싶은 것이냐!

신희현이 피식 웃었다.

'좋았어. 한 번.'

헬퍼가 어떻게 생각하든 상황이 좋게 흘러가고 있는 중이다.

조금만 더 살살 긁으면 되겠지.

"왜? 죽이게? 할 수 있으면 한번 해봐."

―정녕 네놈이 죽고 싶은가 보구나.

신희현이 속으로 숫자를 셌다.

'두 번.'

평소에 욕을 즐겨하는 편은 아니지만 일부러 욕을 섞었다.

"그러니까 그 입 안 닥쳐? 진짜 한번 뒤져 볼래? 이 씹새 끼가 눈에 안 보인다고 아무 말이나 막 지껄이는 것 같은데."

신희현은 이 가이드의 정체를 이미 알고 있다.

시작의 방 가이드, 통칭 '헬퍼'라고 불린다.

지금은 실체가 가려져 있어서 보이지 않지만 실제로 그 모습을 보면 뚱뚱한 꼬맹이 정도가 되겠다.

그리고 겁이 아주 많다. 욕도 굉장히 무서워하고.

'이놈은 강자에게 약하고, 약자에게 강한 놈이지.'

그리고 이놈은 갈구면 없던 것도 뱉는 약간 호구성 짙은 가이드라고 볼 수 있다.

'그때와 모든 것이 완벽하게 같다고 말할 수는 없어.'

과거, 그러니까 이 세상으로 돌아오기 전과 다른 점은 분명히 있었다.

신희현이 이미 과거를 기억하고 있다는 것부터가 달랐다. 이 시스템이 활성화된 시기도 달랐다. 원래대로라면 신희현은 지금 평범한 학창 생활을 하고 있었어야 했으니까.

'이번이 좋은 실험이 될 거야.'

과연 헬퍼가 과거와 같을까? 성향이 완전히 같은 녀석일까?

ㅡ너, 너. 도대체 무슨 말을 하는 거냐! 감히 이 몸에게 그런 상스러운 말을 사용하다니.

맞다. 과거와 완전히 똑같은 반응을 보이고 있다.

처음에 헬퍼는 미지의 존재였다. 수많은 플레이어를 공포와 두려움에 떨게 했었다.

그리고 지금 플레이어로 각성하게 된 사람이 얼마나 있을지는 모르겠지만.

'아마 초짜 플레이어들 위에서 군림하고 있었겠지.'

아직은 아무도 모를 거다. 헬퍼가 지독한 외모 콤플렉스를 가진, 겁 많은 꼬맹이라는 걸.

"쫄리면 얼굴부터 보이시든가, 뚱땡아."

ㅡ다, 당돌한 소리 하지 마라! 이 미친 것에게 내 친히 천벌을 내리고 말겠다! 죽이고야 말겠다! 반드시 네놈을 천 갈래, 만 갈래 찢어 죽이고 말 것이다!

옳지. 물었다. 세 번.

신희현이 말했다.

"천벌? 죽여?"

ㅡ물론이다! 네놈은 절대로 이 방 안에서 살아 나갈 수 없을 것이다!

신희현이 회심의 미소를 지었다.

'마지막, 네 번.'

"괜찮겠냐? 시스템의 절대 룰에 의해 너는 날 공격할 수 없어. 공격하게 된다면 넌 죽겠지. 아무리 시작의 방이 절대 룰에서 어느 정도 벗어나 있는 특별한 공간이라고는 해도, 너는 절대 그 룰을 어길 수 없어."

그 말에 헬퍼는 아무런 말도 하지 못했다.

한동안 시간이 흘렀다.

―네, 네놈의 정체는 도대체 뭐냐……?

"너 같은 뚱땡이는 몰라도 돼."

―이, 이놈이!

신희현은 헬퍼의 모습이 떠올라 또 피식 웃고 말았다.

땀을 뻘뻘 흘리고 있는 뚱땡이 꼬마를 떠올리니 재미있기도 했다.

이놈에게 초보 때 얼마나 겁을 먹었었는가.

"너는 시스템 절대 룰에 위배되는 말을 했어. 그것도 한 번도 아니라 무려 네 번이나 내게 그런 위협을 했지. 절대 룰 한계치인 세 번을 초과했어. 시작의 방 절대 룰에 의거, 너는 내게 적합한 보상을 해줘야만 할 것이다. 만약 적법한 보상을 하지 않는다면 이후 커맨더에게 정식으로 항의할 거고. 뭐 더 할 말 있냐?"

―…….

자신이 정말로 과거로 돌아왔다는 것을 자각했던 그 시점에서부터 그는 이미 계획을 짜놓았다.

그는 '길잡이'로 활약했었다.

길잡이는 가장 선두에 서서 파티를 이끌고 길을 안내하는 역할을 한다. 수많은 변수와 위험을 고려하고 그중에서 가장 안전한 길을 택해야 했다.

그것이 습관화되어 있다. 그래서 이곳으로 돌아온 시점부터 그는 길을 찾아났다.

신희현이 말했다.

"뭐, 좋은 게 좋은 거라고. 두꺼운 장갑, 낡은 올가미, 간소화 주머니, 태양의 돌. 이 네 가지를 요구한다. 그 정도면 내가 눈감아줄 수 있을 것 같네. 어떠냐?"

헬퍼는 한동안 침묵했다.

―너는…… 도대체 정체가 뭐냐……? 뭐 하는 놈이야?

신희현은 생각했다.

'태양의 돌은 절대로 줄 수 없겠지.'

태양의 돌은 줄 수 없다. 아무리 절대 룰을 들먹였다고 해도 그건 시작의 방 규격을 완전히 벗어나는 아이템이다.

"그중에서도 나는 태양의 돌이 제일 갖고 싶어."

헬퍼가 흥분해서 소리쳤다.

-태양의 돌은 절대로 안 된다!

당연히 그렇겠지.

신희현은 느긋하게 말을 기다렸다.

이제 특별히 보상을 늘려주겠다는 둥 어쩐다는 둥 말을 꺼낼 때가 됐는데.

-트, 특별한 케이스이니…… 대, 대신 내가 아주 선심을 써서 두 가지를 보상으로 정해주겠다.

신희현은 어깨를 으쓱했다.

태양의 돌을 들먹인 이유는 간단했다. 보상을 한 가지에서 두 가지로 늘리기 위해서였다. 헬퍼는 모르고 있겠지만.

'그렇다면…….'

두꺼운 장갑과 간소화 주머니를 얻는 것이 가장 이상적이다. 그래야 이후에 등장하게 될 시작 퀘스트에서 유리한 고지를 선점할 수 있다. 그냥 유리한 것도 아니고 아주 많이 유리한 고지를 말이다. 노블레스 등급 클리어를 노려볼 수도 있다.

"두꺼운 장갑과 간소화 주머니를 내놔."

-그, 그건 선택할 수 없어.

헬퍼는 한동안 또 아무런 말도 하지 않았다.

신희현은 잠자코 기다렸다. 모르긴 몰라도 아마 지금 땀에 절어 있을 거다. 헬퍼는 당황하면 땀을 흘리는 습성을 가지고 있으니까.

그리고 신희현 자신이 누구인지. 어떻게 이렇게 많은 정보를 알고 있는지, 플레이어가 정말 맞는지 의심하고 있을 거다.

'뭐, 시간이 지나고 나면 결국 랜덤으로 배정할 수밖에 없겠지.'

신희현은 계속해서 느긋하게 기다렸다.

그런데 예전과는 약간 다른 방향의 질문이 튀어나왔다.

─당신은 혹시…… 관리자…… 이십니까?

처음 듣는 말이었다. '자세히 얘기해 봐'라고 말하려다가 말을 멈췄다. 대신 의미심장한 미소를 지었다. 긍정도 부정도 하지 않았다.

'어차피 헬퍼도 많은 것을 알고 있지는 못할 거다.'

헬퍼는 그런 존재다. 직원으로 비유한다면 말단 직원.

이놈에게 고급 정보를 얻어낼 수는 없다.

─…….

신희현의 표정에 헬퍼는 한동안 말도 못했다. 대신 태도가 많이 공손해졌다.

─두, 두꺼운 장갑과 낡은 올가미가 보상으로 선택되었습니다. 인벤토리 사용법을 알려드릴까요?

신희현이 어깨를 으쓱했다. 마치 모든 것을 이미 알고

있다는 듯, 부가적인 설명 따윈 필요 없다는 듯 말했다.

"다이렉트 전송이나 해. 내가 너 따위 앞에서 허리 숙여 주기는 싫으니까."

ㅡ……알겠습니다.

그리고 알림음이 들려왔다.

[두꺼운 장갑을 획득하였습니다.]
[낡은 올가미를 획득하였습니다.]

신희현은 가볍게 고개를 끄덕였다.

'좋군.'

신희현은 방 안 침대에 누워 생각에 잠겼다.

그동안 헬퍼를 수백, 아니, 수천 번 이상 접해봤지만 저런 말을 한 적은 없었다.

'관리자?'

그게 뭐지?

'도대체가 모르는 것투성이야.'

가정을 해봤다. 이 시스템을 일종의 게임으로 비유한다면.

'확장팩 전의 오리지널 버전?'

그도 아니면 정규 오픈 전의 베타 테스트.

그 정도 되는 것 같다.

그도 그럴 것이 헬퍼를 공략하는(?) 방법은 시스템이 활성화되고 나서 한참 이후의 일이었으니까.

'새로운 단서…… 라고 할 수 있는 건가?'

관리자.

지금 당장 그 단어 가지고 뭔가를 할 수는 없는 노릇이었다.

'이제 내가 할 일은…….'

할 일이 많다. 머릿속으로 정리하고 또 정리했다. 이제 텅 빈 거실은 싫었다.

일부러 시작 퀘스트는 거부했다.

시작의 방에 입장한 그 순간부터 이미 플레이어 자격은 획득했다. 그리고 헬퍼를 협박하여 '두꺼운 장갑'과 '낡은 올가미'를 얻었다. 약간 아쉽기는 하지만 그렇다고 해서 나쁜 건 절대로 아니었다.

시작 퀘스트를 수행하면 클래스가 정해지게 된다. 그렇게 되면 일반 플레이어의 길을 걷게 되는 거다.

당시 신희현은 일반 플레이어의 클래스인 길잡이를 획득했었다.

'그 개또라이의 클래스를 얻는 거다.'

그러려면 그놈의 파트너를 선점하는 것이 중요했다. 제휴 각성을 위한 파트너 말이다.

'그 미친 새끼는 지금도 여전히 미친 새끼일까?'

알 수 없었다. 강유석은 시스템의 존재가 공식적으로 인정되고 나서 약 8년 후에 혜성같이 등장했었으니까.

'이번에도 그 미친놈이 활개치고 다니게 놔둘 수는 없어.'

그때는 힘이 없었다. 그 미친놈이 유부녀를 남편 앞에서 겁탈하고, 그 남편을 개의 먹이로 줬다는 그 소식을 들었을 때도 그는 아무런 조치도 취하지 못했다.

그뿐만 아니라 그 누구도 감히 강유석에게 죄를 묻지 못했다. 강유석은 그 세계의 '절대자'였었으니까.

'파트너도 얻을 겸, 미친놈의 미친 짓도 막을 겸. 겸사겸사.'

마음속 파트너, 이미 결정해 놨다.

'그 개새끼는 지금 고딩인가?'

정확한 나이는 잘 모른다. 아마 그랬던 것 같다. 눈을 감았다.

'내일 바로 움직인다.'

2장
제휴 각성

‘인벤토리 활성화.’

두꺼운 장갑과 낡은 올가미를 확인했다.

‘모든 게…… 똑같다.’

아이템의 종류도, 색상도, 모습도, 인벤토리 활성화 명령어도, 시스템 조작 방식과 헬퍼의 행동 양식도. 그 모든 것이 다 같았다.

심지어.

[두꺼운 장갑을 획득하였습니다.]

[낡은 올가미를 획득하였습니다.]

이 알림도 과거와 글자 하나 다르지 않고 똑같았다.

앞으로 변수가 있을 수는 있지만 기본적으로 거의 대부분의 것이 과거와 똑같다는 가정하에 움직이기로 했다.

아직 격변이 이루어지기 전이다.

시작의 방, 각성의 방 등 이 세계에 생겨나는 이상한 시스템에는 플레이어의 육성을 돕는 '방'이 있고 1~7급까지로 구성된 '던전'이 있다.

'앞으로 2년 정도는 플레이어의 힘을 현실에서 사용할 수 없겠지.'

2년이 지나면 얘기는 달라지겠지만.

다시 말해, 그에게 허락된 '평안한 시간'은 2년이 채 남지 않았다는 소리다.

신희현은 이미 파트너를 마음속으로 정해 놨다. 그 파트너를 떠올려 봤다.

'엘렌, 오랜만에 보겠어.'

피식 웃었다.

생각대로만 된다면 그는 가족을 잃지 않아도 될 것이고 최후의 보상 'HAN'에 보다 쉽게 다가갈 수 있을 것이다.

'파트너 선정을 하러 가 볼까.'

파트너 선정. 플레이어로서 각성하기 위한 단계 중 가장 중요한 단계라고 할 수 있었다.

플레이어가 각성하는 방법은 보통 두 가지 경우로 나뉜다.

첫 번째, 시작의 방에서 주는 시작 퀘스트를 수행하여 플레이어로 각성.

'시스템 활성 초기에는 이러한 방법이 전부였다고 해도 과언이 아니었지.'

원래대로라면 그렇다.

일반적이지 않은 방법, 그러니까 앱노멀 루트를 통한 플레이어 각성은 적어도 2년은 지나야 공개되는 방법이었으니까.

앱노멀 루트가 바로 '파트너 선정'이다.

파트너 선정을 통하여 플레이어로 각성하면 일반 플레이어들과는 약간 다른 형태로 각성하게 된다. 이걸 '제휴 각성'이라고 부른다.

'복불복이라는 게 흠이라면 흠이겠지만.'

파트너 선정을 통해 플레이어로 각성하게 된다고 해서 무조건 좋은 건 아니었다. 메리트를 가지기도 했지만 페널티도 동시에 갖곤 했으니까.

신희현의 경우는 스킬을 사용할 수 있는 횟수가 제한되어 있었다. 어떤 경우는 경험치에 있어서 페널티를 받기도 하고, 또 어떤 경우에는 무지막지한 돈이 필요한 경우도 있었다.

하지만 강유석의 경우는 달랐다.

'그놈 새끼의 진명이 뭔지는 아무도 몰랐었지만.'

하여튼 절대자이며 최강자였다.

'그놈의 클래스를 얻는 놈이 최강자가 될 거다.'

그런데 문득 이런 생각이 들었다.

혹시 과거로 돌아온 것이.

'나 혼자만이 아닐 수도 있는 건가?'

모르겠다. 알 수 없었다.

'만약 강유석도 과거로 돌아왔다면.'

그랬다면 강유석은 무슨 수를 써서라도 자신의 본래 클래스를 얻을 것이다. 그것도 원래보다 더 빠른 시기에.

더 효율적으로, 더 빠르게 강해질 것이다.

그것만큼은 막아야 했다. 그 미친 또라이가 미친개처럼 활개 치게 놔둘 수는 없다.

'혼자 생각해 봐야 나오는 답은 없어.'

어차피 파트너 선정을 위해서 강유석을 만나야 한다. 일단 부딪쳐 보기로 했다.

신희현에게는 나이 차이가 4살 나는 동생이 한 명 있다.

이름은 신희아.

신희아는 요즘 신희현이 조금 이상하다고 느꼈다.

"오빠, 요즘 왜 그래?"

"뭐가?"

"뭔가 되게 바빠 보여. 지금은 또 어디 가는 건데?"

"너를 위해서 지금 오빠가 동분서주하고 있는 거야."

틀린 말은 아니다.

원래대로라면 2년 뒤면 희아는 죽는다.

희아가 인상을 찡그렸다.

"아 그게 뭔 헛소리야?"

신희현은 겉으로는 피식 웃었다.

'헛소리 아니라고.'

1년 뒤에 시스템이 본격적으로 활성화되고 2년 뒤에 대격
변이 일어난다. 그때 신희아가 죽는다. 신희아가 죽어가는
그 자리에 신희현도 있었다. 그때의 그 끔찍한 감정을 다시
는 느끼고 싶지 않았다.

신희현이 신희아의 이마를 툭 쳤다.

"네가 하도 못 미더우니까 나라도 나서야지. 그니까 오빠
아니겠냐? 어떠냐? 엄청 미덥지?"

"와, 진짜 소름 끼쳐. 왜 그럼? 뭐 잘못 먹음?"

신희아는 닭살이라도 돋았는지 자신의 팔을 마구 비볐다.

"느끼해. 뭐야? 요즘 진짜 이상하다. 그니까 오빠 아니네.

우, 우우. 짜증 나, 너."

"오빠한테 너가 뭐냐, 너가."

"하여튼 오빠 조심해. 듣자 하니 수업도 맨날 땡땡이친다
며? 엄마 알면 난리 난다. 도대체 뭘 하고 돌아다니는 거야?
늦바람이라도 났어?"

세계 평화. 아니, 가족 평화를 위해 뛰고 있다니까. 2년 뒤
에 너 안 죽게 만들 거야. 아무도 없는 텅텅 빈 거실, 그거 제
법 짜증 나는 거거든.

"세계 평화를 위해 오빠 노릇 좀 하려고 그래."

……라고는 말해도 절대 못 믿겠지.

아니나 다를까. 신희아는 인상을 찡그렸다.

"세계 평화랑 오빠 노릇이랑 뭔 상관?"

엄청 큰 상관있다고.

아직은 이 시스템에 대해서 말을 할 때는 아니다. 지금 말
해봐야 정신병자 취급받을 뿐이다.

'내가 너 안 죽게 만들게.'

말을 삼키고 걸음을 옮겼다.

'이 근처인 것 같은데.'

정확한 주소까지는 모른다. 하지만 대략적으로 기억은 하고 있다.

'그래, 이쪽에 고물상이 있었지.'

물론 그 당시에는 폐허였었지만.

어쨌든 고물상이 있었던 건 틀림없다.

'저쪽에는 후에 7급 던전이 생긴다.'

기억들을 떠올렸다. 그리고 기억을 더듬어 걸어 올라갔다.

'이 근처가 생가라고 했었는데.'

그 당시와는 너무나 많은 것이 달랐다. 그때에는 멀쩡한 집이 많지 않았다.

사실 그때라고 해서 모든 곳이 초토화되었던 것은 아니다. 다만, 이곳은 유독 상태가 안 좋았었다. 멀쩡한 건물이 별로 없었으니까.

주위를 둘러봤다. 그런데 약간 이상한 기척을 느꼈다. 정확하게는 모르겠으나 누군가 자신을 미행하고 있는 기분이다.

'감각 자체는 어느 정도 살아 있는 건가?'

그는 길잡이로서 활약했었다. 그때의 모든 능력을 갖고 있는 건 아니지만 어느 정도 느낌은 살아 있는 것 같았다. 자그마치 8년간 몸에 익은 느낌이었으니까.

'어째서?'

이곳은 처음 온다. 이곳에는 아는 사람도 없다. 그렇다면 가정을 해볼 수 있다.

'정말로 누군가가 나와 함께 과거로 돌아왔다면.'

그리고 그 누군가가 강유석이 어떻게 각성했는지 알고 있다면.

'그렇다면 그 역시 강유석의 파트너를 노리고 있겠지.'

그건 당연하다. 플레이어의 순위를 매긴다면 강유석은 누가 뭐래도 압도적인 1위였었으니까.

그의 클래스를 얻기 위해 그가 했던 제휴 각성을 똑같이 노리고 있을 거다.

그의 파트너인 엘렌은 이미 유명 인사였었다.

'그리고 나를 미행한다는 건.'

그렇다는 건 신희현 자신을 알고 있다는 소리가 될 수 있을 거고.

일부러 으슥한 골목길로 걸었다. 정말 미행인지 확인해 보고 싶었다.

시간이 흘렀다. 그리고 신희현은 확신했다. 자신을 미행하는 것이 틀림없었다.

'숙련자는 아니야.'

확실히 느껴졌다. 오히려 초보에 가까웠다.

이 정도라면 제압할 수 있을 거란 확신이 들었다.

90도로 꺾어지는 골목길. 천천히 걸음을 옮겼다.

'여기서 친다.'

골목길에 들어섰다. 전봇대 뒤에 몸을 숨겼다.

길잡이로 활약할 때에도, 이후 파벌이 생겨 파벌 싸움을 하게 될 때도 미행은 많이 당해봤다. 하다못해 몬스터에게도, 그리고 던전 내에서도 미행을 당해봤다.

이런 상황, 낯설지 않다. 당연히 대처에도 능숙했다.

상대를 기습했다.

"넌 누구냐?"

바로 손목을 꺾었다. 얼굴을 확인했다.

"너는⋯⋯."

아는 얼굴이었다.

'생각보다⋯⋯.'

일이 쉬워질 것 같았다.

아는 얼굴이었다. 그러나 친한 사람은 아니었다.

'아⋯⋯.'

중요하지 않은(?) 사실이라 잊고 있었는데 강유석에게는 동생이 하나 있었다. 강유석과의 만남 이후, 한 번인가 두 번 스치듯 만나며 인사했었던 게 전부이기는 했으나 하여튼 기억은 있었다.

개또라이인 그와는 달리 제법 유순한 플레이어였던 것으

로 기억하고 있다.

'그래, 그랬었지.'

신희현도 그렇고 강유석도 그렇고, 같은 아픔을 공유한 사이였다.

'생각해 보면 그 개또라이가 개또라이 짓을 시작했던 건 이 시기로부터 9년 뒤야.'

강유석이 혜성처럼 등장했던 시기가 지금으로부터 8년 뒤, 그리고 미친 짓을 시작한 것이 9년 뒤다.

그러니까 약 1년 정도는 정상인의 범주에 들어가 있었다는 소리다.

그때 신희현은 강유석과 제법 친했었다. 같은 아픔을 공유하고 있어서 금방 친해졌었다.

신희현은 여동생을 잃었고 강유석은 남동생을 잃었었다.

그 남동생이 바로 이 녀석이었고.

'이 녀석의 클래스는 길잡이였었다.'

키워드는 바로 '길잡이'.

키워드만 있으면 상황을 파악하기는 그리 어렵지 않았다.

길잡이는 약간 특이한 클래스다. 능력은 둘째 치고, 시스템의 룰에서 약간 벗어나 있다는 것이 특이했다.

보통 클래스, 혹은 진명은 '전투'와 '보조' 계열로 나뉜다.

이 중 전투 계열의 진명을 가진 플레이어는 2년 후에나 힘을 쓸 수 있게 된다. 그들이 격변 이전에 현실에서 사용할 수 있는 것은 '인벤토리 활성화' 하나뿐이다. 그게 룰이다.

하지만 길잡이와 같은 보조 클래스들은 현실에서도 그 힘을 사용할 수 있었다. 특히나 길잡이의 경우 시스템 활성 초기에는 흥신소라든가 군대, 첩보 기관 등에서 많이 스카우트 해 갔었다.

이들의 경우, 플레이어 각성과 동시에 현실에서도 꾸준히 연습을 할 수 있었고 그 능력을 빠르게 키워 나갈 수 있었으니까.

어쨌든 녀석은 길잡이로 각성했다. 그리고.

'트레이싱을 연습하고 있었던 거겠어.'

스킬을 연습하고 있었던 것 같다.

트레이싱. 다시 말해 추적. 길잡이에게는 기본 스킬이며 반드시 숙달해야만 하는 스킬이다.

'이 녀석이 이렇게 빨리 각성했던가?'

잘 모르겠다.

'그랬던 건가. 그도 아니면⋯⋯.'

어쩌면 강유석이 과거로 돌아왔을 수도 있다. 그렇다면 자신뿐만 아니라 동생도 플레이어로 각성시켰을 수도 있다. 신희현 역시 동생을 플레이어로 빨리 각성시키는 방법을 찾아보려 했었으니까.

'강유석, 너도 과거로 돌아온 거냐.'

목소리가 들려왔다.

"아, 아파요! 아프다고! 아씨, 진짜!"

얼핏 보니 체구는 굉장히 작았다.

기억 속의 이 아이는 덩치가 꽤 컸던 것으로 기억하는데 이 당시에는 이렇게 작았던 것 같다.

지금 나이는 약 15세 전후로 보인다. 끽해야 중학생 정도.

"왜 날 따라와?"

"그런 거 아니거든요? 아프니까 좀 놔줘요."

아니긴 뭘 아니야.

신희현은 피식 웃었다.

'차라리 잘됐어.'

그리고 말했다.

"네가 유성이지?"

"네?"

"트레이싱을 쓰고 있던 중이고?"

강유성은 눈을 크게 떴다.

'이 사람 뭐지? 날 어떻게 알지? 내가 트레이싱을 쓰고 있었다는 건 어떻게 알아차렸지?'

15세 강유성은 머리를 빠르게 굴렸다.

그 나름대로의 결론을 내리기도 전에 신희현이 말했다.

"어릴 때 본 기억이 난다. 넌 기억 안 나지?"

물론 사기다. 어릴 때 본 적 없다.

"어…… 잘 모르겠는데요."

신희현이 씨익 웃었다.

"네 형 친구야. 그런데 집이 어디더라……?"

강유석이 버럭 소리를 질렀다.

"너 이 새끼, 또 사고 쳤어?"

강유성이 신희현 뒤로 숨었다.

"그런 거 아니거든!"

강유석은 신희현 앞으로 걸어와 정중히 허리를 숙였다.

아무래도 동생이 또 이상한 짓을 벌인 것 같다. 안 그래도 사고뭉치인 녀석인데.

"죄송……."

하고 말하려고 했는데 신희현이 선수 쳤다.

"유석아, 오랜만이다."

"……."

"반갑다, 친구야."

강유석은 황당했다.

뭐지? 나도 모르는 사이에 내게 친구가 생긴 건가. 언제 이런 친구가 생겼던 말인가.

강유석의 반응을 보고 확신했다. 강유석은 과거로 돌아온 게 아니다. 그리고 지금은.

'멀쩡한 상태의 강유석이다.'

멀쩡했다. 그와 처음 만났을 그때처럼 말이다.

신희현이 강유석에게 귓속말했다.

좋게 말해서 귓속말이고, 더 정확하게 말해서 사기 쳤다.

반응을 보아하니 강유성은 평소에도 사고를 좀 치고 다니는 모양이었다. 그렇다면 이렇게 낚으면 된다.

"동생의 일로 얘기할 것이 조금 있습니다."

아니나 다를까. 강유석의 표정이 약간 굳었다.

신희현이 또 작게 말했다.

"자리를 좀 옮기죠."

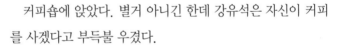

커피숍에 앉았다. 별거 아니긴 한데 강유석은 자신이 커피를 사겠다고 부득불 우겼다.

"제가 사겠습니다."

신희현이 만류했다.

"아뇨, 제가 사겠습니다."

미안한데, 내가 사야 해. 아니, 사고 싶어. 정말이야.

'왜냐하면 너한테 사기 칠 거거든.'

원래대로 한다면 이 파트너는 강유석이 가져야 했다.

파트너를 선정하고 그에 따라 플레이어로 각성한다면 강유석은 또 언젠가 세계 최강의 플레이어가 되어 있을 거다. 원래의 미래에서라면 말이다.

그 미래에서 아주 개새끼가 된다는 것이 문제라면 문제였지만.

'일단 커피 정도는 내가 사마.'

하지만 강유석이 말했다. 과거의 개또라이가 아니었다. 강유석이 아주 정중하게 말했다.

"동생 일 때문에 저를 찾아오셨다고 들었습니다. 제가 교육을 제대로 못 해서 그런 거니……."

신희현은 머리를 긁적거렸다.

아니, 이봐. 그런 거 아니라니까. 나 지금 너한테 사기 치러 온 거라고. 그리고 너 왜 이렇게 멀쩡하냐? 예의도 바르고. 너무 그래서 적응이 잘 안 되네.

'지금 이 시절엔 할머니와 살고 있다고 했었나.'

부모님은 돌아가셨다. 할머니와 함께 살고 있는데 동생 교육의 대부분을 강유석이 맡고 있다고 했다.

'맞아, 플레이어가 되기 전까지 제법 생활고에 시달렸다고 했어.'

그러한 입장에서는 커피 한 잔이 제법 큰 출혈일 수도 있다.

'네 클래스는 내가 가져가는 대신…….'

그에 적합한, 아니, 적합할지는 모르겠지만 보상은 해주기로 마음먹었다.

강유석이 플레이어가 되기 전까지, 그때까지 도움을 줄 생각이다.

미친놈이 탄생하는 것도 막고 지금은 선량한 사람의 미래에도 약간은 도움을 주고.

'오케이, 그렇게 간다.'

신희현은 이미 상황 파악을 끝냈다. 그래서 이렇게 말했다. 두서도 없었다. 본론부터 꺼냈다.

"동생의 말은 틀림없는 사실입니다."

"……."

강유석이 굳은 얼굴로 신희현을 쳐다봤다.

"……뭐라고요?"

신희현이 목소리를 낮췄다.

"동생이…… 플레이어로 각성했다면서 이상한 얘기를 늘어놓지는 않았습니까?"

"……."

강유석은 아무런 말도 하지 못했다. 신희현을 계속해서 쳐다봤다.

이게 무슨 소리란 말인가. 생판 처음 보는 이 남자가 어떻게 이걸 알고 있는 거지?

동생의 입단속은 확실히 시켰다고 생각했다. 어디 가서 그런 소리하면 정신병자로 몰리기 십상이니까 쓸데없는 소리하지 말라고 일축했었다.

'어디서 또 이상한 말을 흘리고 다닌 거 아냐?'

아무래도 그런 것 같았다. 신희현이 계속 말했다.

"당연히 믿지 못하시겠죠."

이 시기만 해도 플레이어로 각성한 사람의 숫자는 극소수였으니까.

그리고 플레이어로 각성했다고는 해도 실제로 그 능력을 사용할 수 있는 사람은 더더욱 극소수였으니까.

일단 시작의 방 활성화시키는 명령어를 모르는 플레이어가 대다수였을 거다.

'심지어 이 시기에 각성한 플레이어들은 시작의 방을 단순히 꿈으로 치부하는 경우도 있었다고 했지.'

그래서 말했다.

"혹여…… 길잡이로 각성했다는 말을 하지는 않습니까?"

본격적으로 사기 치기 시작했다. 세계 평화도 위할 겸.

강유석이 인상을 찌푸렸다.

"지금 도대체 무슨 말을 하려고 하시는 겁니까? 장난은 거절하겠습니다."

"시스템은 현실이고, 플레이어는 사실입니다."

"됐습니다."

동생 얘기라고 하기에 무슨 얘기인지 들어보려고 했더니 이건 순 이상한 놈 아닌가.

시스템이고 플레이어고 아무래도 동생과 게임에서 만난 약간 이상한 사람 같았다.

신희현은 이 정도 반응, 이미 예상하고 있었다.

'그래 봤자 넌 낚일 거다.'

말을 이었다.

"됐습니다."

강유석은 확신했다. 이 동생 놈이 또 쓸데없는 말을 흘리고 다니고 있구나. 길잡이니 시작의 방이니 시작 퀘스트니 뭐니 아무래도 게임을 너무 많이 하더니 정신이 오락가락한다고 생각하던 중이었다.

그런데 난생처음 보는 사람한테까지 그런 말을 했다니. 동생을 단단히 혼내야겠다고 생각했다.

신희현이 말했다.

"여전히 제 말을 믿지 못하시는군요. 이해합니다."

그럴 수밖에 없다. 상식적으로 말이 안 되지 않은가. 믿는다면 그게 더 이상하다. 그래서 말했다.

"이것이 인벤토리 활성화입니다. 물론 이것은 일종의 아공간으로 저에게만 보입니다."

신희현의 손에 뭔가가 담겼다.

시작의 방 가이드, 헬퍼에게 받은 낡은 올가미다.

아무것도 없었는데 어느새 보니 신희현의 손에 들려 있었다.

강유석이 인상을 찡그렸다.

"이보세요……."

사기라고 생각했다. 마술의 일종이라고 생각했다.

신희현은 빠르게 말을 이었다. 지금의 강유석은 쉬운 상대다.

신희현은 대격변 시대를 겪은 베테랑이다. 순진한(?) 고등학생 하나 구워삶는 건 식은 죽 먹기다.

"속임수는 전혀 없습니다. 이건 플레이어로 각성한 자들에게 주어지는 시스템적 특권입니다."

물론 아직은 아무도 사용 못 하고 있겠지만.

그 말은 삼켰다.

"그래도 여전히 속임수라고 생각하고 계시죠?"

"……."

누가 생각해도 사기이며, 누가 봐도 마술 아니겠는가.

인벤토리? 말이나 되는 소리인가. 현실이 무슨 게임도 아니고.

'더 이상 얘기를 들을 필요도 없겠어.'

그러한 생각이 들 무렵, 신희현이 다시 말했다.

"그렇다면 결정적인 증거를 하나 보여드리겠습니다. 이 얘기를 듣고 나서도 믿지 못한다면 저는 깨끗하게 물러나겠습니다."

아니, 절대 안 물러날 거야. 도둑질이라도 할 거야.

신희현은 그렇게 말하고 싶었지만 참았다. 겉으로는 유순한 미소를 지었다.

"손을 잠시 내밀어 보세요."

강유석은 미심쩍다는 눈초리를 지우지는 않았지만 일단 손을 내밀었다.

마지막이라니까. 깨끗하게 물러난다니까.

신희현은 그 손을 잠시 잡았다. 그리고 일부러 시간을 끌었다.

"제게는 특별한 능력이 있습니다. 동생 분은 길잡이 클래스라는 거 들으셨죠? 저는 약간 다른 클래스입니다."

물론 거짓말이다. 아직 클래스 활성화되지도 않았다. 시작의 방 클리어도 안 했으며 각성의 방에 들어가지도 않았다.

"원래 꿈이 만화가였었죠?"

"예?"

신희현은 예전에 들은 적이 있다.

강유석의 원래 꿈이 만화가였다고. 중학교 때까지 만화가가 꿈이었는데 집안 사정으로 인해서 그 꿈을 접었어야 했다.

당연한 말이지만 과거에 들어서 아는 거다.

그러나 강유석 입장에서는 깜짝 놀랄 수밖에 없었다.

"그, 그걸 어떻게……?"

"말했잖아요. 저는 길잡이가 아닌 특별한 클래스이며 동생의 트레이싱과는 전혀 다른 종류의 스킬을 익히고 있다고. 이건 스킬의 힘입니다."

"말도 안 돼……."

이 시절의 그는, 자신의 품에 간직했던 그 꿈을 발설한 적이 없었으니까. 아무에게도 말한 적 없는, 혼자만이 간직하고 있는 꿈이었으니까.

동생과 할머니도 그건 모르고 있다.

신희현이 씨익 웃었다.

"그리고 처음에 그렸던 만화는 로봇들이 나와서 스포츠 경기를 하는 만화군요. 제목은…… 정확하게는 잘 모르겠지만 아이언 슈트…… 정도 되겠네요. 아, 이건 스스로도 아직 제목을 제대로 정하지 못했기 때문이군요. 맞죠? 어때요? 정확합니까?"

"……."

강유석은 아무런 말도 하지 못했다.

눈앞의 이 남자, 도대체 뭐란 말인가.

그의 말에는 한 치의 틀림도 없었다.

처음에 그렸던 만화. 방구석에서 혼자 그렸다.

혼자 그리고, 혼자 웃었다. 아무도 보여준 적이 없으며 그것은 아직도 책상 서랍 깊숙한 곳에 숨겨져 있다.

아무도 본 적이 없는 이것을 어떻게 이 남자가 알고 있다는 말인가.

"물론, 이런 것들은 유석 씨의 집을 털거나 열심히 조사를 하거나. 그러면 알 수도 있는 거겠죠."

결정타가 남았다. 일부러 시간을 끌며 고개를 갸웃했다.

"어디 보자……. 첫사랑의 이름이 임수희?"

아무에게도 말 안 했고 누구에게도 표현하지 않았던 중학교 때 첫사랑의 이름이 나왔다. 이것이야말로 강유석 외에는 아무도 모르는 비밀이다.

'이럴 수가.'

어떻게 알고 있단 말인가.

혹여나 무슨 흥신소라든가 심부름센터 같은 데에 의뢰를 한다 하더라도 절대로 모르는, 아무도 알 수 없는 비밀 아닌가.

신희현은 강유석의 표정을 보며 안도의 한숨을 내쉬었다.

'강유석은 과거로 돌아온 것이 아니야. 확실하네.'

강유석은 굉장히 혼란스러워했다.

"당신은…… 도대체 뭐 하는 사람입니까?"

"말했잖아요, 플레이어라고."

"플레이어에게는…… 정말 그런 능력이 있습니까?"

"더 보여드려야 하나요? 만화야 뭐. 제가 자세히는 말 안 하겠지만 책상 어딘가에 숨겨져 있을 테고. 임수희의 이름과 그 좋아했던 마음은 그 누구에게도 발설한 적이 없을 텐데요? 이 정도까지 제 능력을 밝혔음에도 믿지 못한다면 저도 어쩔 수 없고요."

"……."

신희현이 회심의 미소를 지었다.

'낚았다.'

과거, 강유석의 파트너는 그가 고등학교 때 열심히 끼고 다녔던 만 원짜리 팬시 반지였다. 이유는 알 수 없었으나 강유석은 그 검은색 반지를 열심히 끼고 다녔다고 했다.

신희현의 눈이 강유석의 오른손을 향했다. 더 정확히 말하면 오른쪽 셋째 손가락.

'저거군.'

그래서 말했다.

"제게는 그 물건이 정말 필요합니다."

퀘스트라는 말은 임무라는 말로 바뀌었다.

"제 임무를 수행하는 데…… 매우 필수적인 요소입니다."

그리고 한 달 생활비 약 30만 원 정도를 지원해 준다는 조건 아래 반지를 양도받았다.

이때까지만 해도 강유석은 순수한(?) 고등학생이었다. 걱정하는 기색을 내비쳤다.

"뭐…… 속임수 같은 거 있는 거 아니죠?"

"제가 알기로 이 반지는 길거리에서 제작한 만 원짜리 반지로 알고 있습니다. 제게는 이것이 필요한 거고 그래서 30만 원을 드리는 겁니다. 일단 이것만 해도 이득 아닌가요?"

물론 그렇다. 당연히 이득이다.

"제가 만약 한 달에 30만 원을 보내드리지 않는다고 해도. 지금 이것만으로도 이득이라는 소리죠. 굳이 거절할 이유가 있을까 싶네요."

강유석은 뜸을 들였다.

"하지만 조건이 너무 파격적이어서……."

그건 내가 너한테 약간 미안하니까 최소한의 생활비라도 지원해 주려고 하는 거지. 큰돈은 아니지만 네 가계에 큰 도움이 될걸? 네가 성격 파탄자가 된 게 어쩌면 네 가정환경 때문일 수도 있겠다…… 싶기도 하고.

신희현은 강수를 뒀다.

"싫으시면 안 하셔도 됩니다. 저도 다른 임무 아이템으로 대체하면 되니까요. 그래도 세계 평화와 직결될 수도 있는 문제입니다."

"세, 세계 평화요?"

그래, 세계 평화. 네놈은 이 클래스를 가지면 안 돼. 진짜야.

라는 그 말을 삼켰다.

신희현은 태연한 척하며 말했다.

"신중하게 생각해 보시기 바랍니다."

속으로는 똥줄 탔지만.

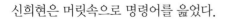

신희현은 머릿속으로 명령어를 읊었다.

'시작의 방 활성화.'

아직까지 명령이 시스템이 체계화되기도 전이고, 플레이어로 각성한 강유석의 동생마저도 시작의 방을 어떻게 활성화하는지 잘 모르는 모양이다.

하지만 신희현은 망설임이 없었다. 이미 뻔질나게 드나들었었다.

"파트너를 통한 제휴 각성을 요구한다."

헬퍼의 목소리가 들려왔다.

─뭐, 뭐라고…… 요?

신희현이 다시 말했다.

"제휴 각성이라고. 못 알아들었어? 귓구멍 좀 파라, 진짜."

헬퍼는 무조건 윽박질러야 한다. 그러면 없던 떡도 나온다.

"처맞기 싫으면 한 번에 딱딱 알아들어. 알겠냐? 제휴 각성을 하고 싶다고."

─제, 제휴 각성…… 요?

헬퍼는 아무런 말도 못 했다.

어라, 아직 제휴 각성이 일어나기 전인가?

신희현은 고개를 갸웃했다. 저번에도 그렇고 이번에도 약간 이상하다. 저번에는 원래는 없었어야 할 '관리자' 얘기를 하는가 싶더니 이번에는 제휴 각성에 대해 모르는 눈치다.

─자, 잠시만요.

하지만 이내 헬퍼는 제휴 각성이 뭔지 알았다는 듯 말을 이었다.

─도대체 어떻게 제휴 각성을 아시는 겁니까……? 정체가 뭡니까? 저만 알고 있을 테니까 좀 알려주시면 안 될까요?

신희현이 말했다.

"사기꾼인데."

헬퍼는 또 아무런 말도 못했다.

아직까지 플레이어의 숫자는 극소수.

많은 플레이어를 경험해 본 건 아니지만 이 플레이어는 너무나 확연히 달랐다. 모든 것을 다 꿰뚫고 있는 것 같았다. 함부로 대할 수가 없었다.

침을 꼴깍 삼키고 말했다.

─절차를…… 시작하겠습니다…… 요?

신희현의 심장이 쿵쾅대기 시작했다.

강유석의 클래스를 얻을 수 있다. 그리고 시작의 방 퀘스트를 클리어하기 위해 매우 좋은 두 가지 아이템까지 소유하고 있다.

계획대로 흘러갔다. 이렇게만 흘러간다면 가족을 잃지 않아도 될 거다. 그리고 물론 힘들겠지만 최후의 던전에 재입성할 수 있을 거다.

HAN을 취득하고 나면 뭔가 더 많은 것을 알 수 있겠지.

[제휴 각성을 시작합니다.]
[파트너의 선정을 확인합니다.]

파트너로, 강유석으로부터 받은 반지를 선택했다.

[파트너의 각성이 시작됩니다.]
[파트너의 각성이 완료되었습니다.]

과거 강유석은 '폭풍'이라는 위명으로 이름을 떨쳤다.

모든 능력치가 월등히 뛰어났으며 모든 클래스를 아우르는 발군의 능력을 가지고 있었다.

특히나 그는 '대(對)플레이어전'에 있어서 최강이라고 불렸으며 PVP의 황제라는 별명까지 갖고 있을 정도였다.

[진명 활성화 작업을 시작합니다.]

'다만 진명은 아무도 몰랐었지.'

진명이란 본신의 클래스를 뜻하는 말이다.

PVP의 황제, 황태자, 제왕, 기타 등등. 그를 표현하는 수

많은 말이 있었는데 정작 그 본신 클래스명을 아는 사람은 아무도 없었다.

[진명이 활성화되었습니다.]

'이젠 알 수 있을 거야.'

그를 그렇게 만들어준 시초가 이 초라해 보이는 검은 반지라니.

그때, 목소리가 들려왔다.

"신희현 플레이어와의 제휴, 인지했습니다."

여자 목소리였다. 분명 아름다운 목소리였다. 들어본 목소리이기도 했다. 엘렌의 목소리가 확실했다. 그런데 뭔가가 조금 다르다는 것을 느꼈다.

"너는⋯⋯."

3장
시작 퀘스트

"너는……."

일단 겉모습은 엘렌이 확실했다.

나이는 대략 25세 전후로 보였다. 황금빛 머리카락이 물결처럼 흘러내렸다.

'백옥같이 하얀 피부.'

잡티 하나 없는 깨끗한 피부.

'등 뒤의 백색 날개.'

고결하게까지 보이는 백색의 날개. 은은한 광채까지 머금은 그 날개는 엘렌 특유의 우아한 분위기를 더욱 배가시켰다. 기억 속의 그 날개와 같았다.

'무진장 예쁜 것도 똑같고.'

여기까진 좋다.

'그런데 두 장밖에 없다?'

날개가 두 장밖에 없었다. 신희현이 기억하는 이 파트너의 날개는 8개여야만 했다.

'혹시 성장형 파트너인가.'

그런 얘기는 못 들었던 것 같은데.

하고 신희현은 고개를 갸웃했다.

'뭐, 엘렌이 성장형 파트너였다는 것을 굳이 말할 필요는 없었겠지.'

애초에 강유석의 진명조차 아는 사람이 아무도 없었다. 숨기는 것이 더 있을 수도 있다는 얘기다.

달콤한 목소리가 들려왔다. 만약 목소리만으로 사람을 홀릴 수 있다면, 그건 이런 목소리가 아닐까 싶었다.

"신희현 플레이어의 진명은 소환사입니다."

신희현은 이해할 수 없었다.

'소환사라고?'

소환사라는 클래스. 알고 있는 클래스다.

집단전에 있어서는 꽤나 유용한 클래스이기는 하지만 그렇다고 각광받는 클래스는 아니었다.

근접전에 취약하고 소환수가 없으면 아무것도 못 하는 약한 클래스.

'강유석이 소환사였다고?'

말도 안 된다. 뭔가 이상하다. 그럴 리가 없다. 그 누구도 강유석이 소환을 하는 모습을 본 적이 없었으니까.

'소환사'와 폭풍 강유석의 공통점이라곤 '일인 군단'이라는 것밖에는 없었다. 이론상 그렇다는 거고, 실제로 일인 군단이라고 불렸던 소환사는 없었다. 과거 앰플러스 네임을 받았던 플레이어들 중에서도 소환사는 단 한 명도 없었다.

그것뿐만 아니라 이상한 건 또 있었다.

'엘렌의 태도가…… 이상하다.'

강유석의 파트너, 천사형 파트너인 그녀의 이름은 엘렌이었다. 사람들은 강유석의 능력을 부러워했었다. 그런데 그 능력보다도 더 부러워하는 것이 있었으니 바로 파트너 엘렌이었다.

엘렌을 처음 본 사람들은 하나같이 입을 쩍 벌렸다. 신희현의 아는 동생 중 한 명은 이렇게 말했었다.

"만약 엘렌 같은 여자랑 사귈 수만 있다면 간이고 쓸개고 다 내다 바칠 겁니다. 호구, 아니, 개호구가 되어도 상관없어요."

재미있는 건 대부분의 남자가 그 말을 인정했다는 거다. 또 그 동생은 이런 말도 했었다.

"엘렌의 외모에 성격은…… 좀 사기 아닌가요?"

또 모두가 그걸 인정했다. 엘렌은 누가 봐도 아름다웠고 누가 봐도 정숙했다. 남자들의 환상 속에서만 존재한다는 현모양처의 최정점에 선 그런 파트너였다.

인간이 아님에도 불구하고 엘렌을 사모하는 남자가 꽤나 되었다는 소문까지 있을 정도였었다. 내조의 여왕이라고 불리기까지 했다. 강유석에게 너무나 아까운 그런 여자였다고.

그런데 지금의 엘렌은.

"시선이 계속 느껴집니다. 제게 무언가 질문할 것이 있는 것입니까?"

신희현을 보며 매우 사무적인 태도로 말을 하고 있었다.

뭔가 잘못된 것 같다. 엘렌의 성격도 이상하고, 그리고 클래스가 소환사라고 명명된 것도 그렇고.

'예상하지 못했었는데.'

신희현은 평정심을 되찾으려 노력했다.

'성장형 파트너이면서…… 이후 성격이 변화되는 건가.'

알 수 없었다. 지금은 정보가 너무 부족했다.

하지만 이쪽에서 굽히고 들어갈 생각은 전혀 없었다. 엘렌이 아름다운 건 아름다운 거고, 파트너 간의 서열 정리는 반드시 필요했다.

가끔 파트너가 제대로 말을 듣지 않는 경우가 발생하곤 했는데, 심한 경우 파트너의 불복종 때문에 플레이어가 목숨을 잃는 경우까지 있을 정도였다.

서열 관계는 확실히 잡아야 했다. 앞으로 목숨을 맡기고 싸워야 하는 상황이 있을지도 모를 일이다.

'만약 과거의 엘렌과 같다 하더라도.'

그렇더라도 길들이기는 필수다. 방법도 미리 생각해 놨다.

"엘렌, 너는 내 파트너다."

"알고 있습니다."

엘렌이 신희현을 쳐다봤다. 별다른 표정의 변화는 없었다.

그러나 신희현은 느꼈다. 겉으로는 냉정함을 유지하고는 있으나.

"내가 네 이름을 어떻게 알고 있는 건지 궁금하겠지."

"제가 질문을 해도 되는 겁니까?"

"너희 파트너들끼리 일종의 연락망을 가지고 있다는 것도 알고 있다. 아마 플레이어들에 관한 험담을 늘어놓고 있겠지."

과거에는 모두가 알고 있는 사실이다.

그러나 지금 이 시점에서는 아무도 모른다. 오직 신희현만이 알고 있는 사실이다. 미치기 전의 강유석이 말해줬었다.

"안 그래 보여도 엘렌은 가끔 당황을 하곤 해. 당황하면 오른쪽 눈썹이 미세하게 꿈틀거리거든."

신희현은 엘렌에게 가까이 걸어가 그녀의 오른쪽 눈썹에 손을 댔다.

"당황하지 마."

"……무슨 뜻인지 모르겠습니다. 당황하지 않았습니다."

강유석이 말했었다.

"엘렌은 자기가 그런 버릇을 가지고 있는 것도 모르고 있었거든."

그래서 신희현이 말해줬다.

"너는 당황하면 오른쪽 눈썹이 움찔움찔 떨리거든."

"……."

엘렌은 여전히 무표정한 얼굴로 신희현을 쳐다봤다.

뭔가 다르다. 이 플레이어.

다른 파트너들의 이야기를 들은 적이 있다. 플레이어들이 멍청하고 답답해서 죽을 것 같다고.

그런데 이 플레이어는 달랐다. 자신의 이름을 알고 있는 건 그렇다 치고 시작의 방인데 이토록 차분한 플레이어가 있었던가. 뿐만 아니라.

"저희는 초면입니다."

그 말인즉, 초면인데 나의 습관을 어떻게 아느냐. 그렇게 묻는 것이었다.

오른쪽 눈썹이 떨린다니.

그런데 그녀는 느꼈다. 실제로 그녀의 눈썹이 떨리고 있었다. 그녀 스스로도 모르고 있었는데 눈앞의 이 플레이어는 도대체 어떻게 알고 있는 것이란 말인가.

신희현이 피식 웃고서 말했다.

"헬퍼, 시작 퀘스트 진행해."

헬퍼는 또 아무런 말도 하지 못하고 있다가 겨우 입을 열었다. 여전히 모습은 드러내지 않은 상태.

─시작 퀘스트를…… 시작하시겠습니까?

그 모습에 엘렌의 눈썹이 또다시 꿈틀거리기 시작했다.

뭐랄까. 이 상황, 너무나 낯설었다. 플레이어가 헬퍼를 저렇게 대하다니.

헬퍼가 존대를 한다는 거, 들어본 적도 없다. 이게 어떻게 된 건지 모르겠다.

신희현은 잠시 생각에 빠져들었다.

'어차피 진명 각성 때까지는…… 클래스 자체가 중요한 건 아냐.'

클래스는 중요하지 않았다.

지금 뭐가 어떻게 된 건지 그 스스로도 알 수 없었다.

엘렌의 성격이 다르다? 진명이 생각과는 다르다?

지금 아무리 생각해 봐도 어떠한 답도 얻을 수 없었다. 그렇다면 지금 할 수 있는 것을 해야 했다.

'일단은…… 시작 퀘스트를 클리어하는 것이 중요해.'

클리어 자체는 그렇게 어렵지 않다. 시간이 충분하다면 말이다. 하지만.

'단순 클리어로는 의미가 없어.'

그가 원하는 것은 최저 레벨, 최단 시간 클리어.

어쩌면…… 노블레스 등급 클리어까지도 가능하지 않을까 생각하고 있다.

그게 최고의 시나리오다.

그걸 위해서 아이템 두 개를 요구했었다.

시작 퀘스트, 이미 수없이 많이 겪어봤고 공략법도 알고 있다. 숨겨진 보상을 얻는 방법까지도 훤히 꿰고 있다.

－시작 퀘스트 진행시 주의 사항을 설명 드…….

신희현이 말을 잘랐다.

"바로 시작하겠다."

헬퍼의 입에서 '시작 퀘스트'라는 말이 나온 그 시점부터, 시작 퀘스트 시작으로 간주된다.

최단 시간 클리어를 위해서는 1분 1초가 귀하다.

물론 신희현은 그 누구보다 빠르게 클리어를 성공시킬 자신이 있기는 했지만 그래도 1초가 아까운 건 사실이었다.

실제로 과거, 몇 초 때문에 클리어 등급 자체가 달라졌던 경우가 꽤 많았었다.

엘렌이 말했다.

"헬퍼의 설명은 반드시 들어야만 합니다. 그의 설명은 시작 퀘스트를 클리어하는 데에 매우 큰 도움이 됩니다."

신희현은 그 말을 들은 척도 하지 않았다. 일부러 그랬다. 퀘스트를 진행하다 보면 시간을 끌어도 될 때가 있고, 끌면 안 될 때가 있다. 지금은 끌면 안 될 때였다. 지금의 이 시간은 절약할 수 있는 시간이었으니까.

"진행해."

"신희현 플레이어, 파트너로서 권고……."

어차피 엘렌에게는 강제력이 없다.

지금은 1초라도 아끼는 게 답이다.

혹시 모를 노블레스 등급 클리어를 위해서.

"진행하란 말 안 들려?"

헬퍼가 말했다.

─……시작 퀘스트를 진행합니다.

엘렌이 백색의 날개를 펼쳤다. 신희현의 기억 속 8장의 날개는 아니었지만 그 날개는 예전의 기억과 똑같이 은은한 빛을 흩뿌리고 있었다.

엘렌이 말했다.

"저는 당신의 각성 파트너입니다. 충분한 설명을 요구할 권리가 있습니다. 이는 시스템상 정해져 있는 절대적인 룰입니다."

헬퍼가 '시작 퀘스트'라는 말을 언급했을 때부터 이미 시간 카운트는 들어간다. 그리고 헬퍼가 '시작 퀘스트를 시작합니다'라는 말 이후, 그때부터 몇 초 정도 시간이 있다.

본격적으로 퀘스트에 들어가기 직전에 이건 어떤 방법을 써도 줄일 수 없는 시간이다. 게임으로 치면 로딩 시간 같은 거다. 그래서 신희현이 아까 아무런 설명도 하지 않았던 것이고.

이 시간을 잠시 빌어 신희현이 대답했다.

"파트너에게는 그럴 권리가 있지. 하지만 플레이어에게도 그것을 거부할 권리가 있어. 파트너인 네가 모르지는 않을 텐데?"

"……."

엘렌은 아무런 말도 하지 않았다. 하지만 신희현은 느꼈다. 엘렌은 지금 하고 싶은 말이 많을 거다.

이러한 사실을 어떻게 아는 겁니까.

그녀의 눈동자가 그렇게 묻고 있었다.

신희현이 어깨를 으쓱했다.

"묻고 싶은 게 많을 거야. 하지만 더 이상의 질문은 용납하지 않겠어. 절대 명령을 사용하기 전에 그 입 다물어."

일부러 더 빨리 말했다. 이제 시간이 별로 없다.

엘렌은 감정이 없는 듯한 눈동자로 신희현을 쳐다보기만 했다.

어떻게 갓 플레이어가 된 인간이 절대 명령을 들먹이는 건지 파트너의 권리와 플레이어의 권리에 대해 잘 알고 있는 건지 아까부터 이해할 수 없는 상황의 연속이었다.

물론 신희현은 그 명령을 사용할 생각은 없었다.

'절대 명령의 사용 횟수는 단 3회에 불과해.'

그 아까운 3회를 이렇게 쉽게 날려 버릴 수는 없었다.

'아직 초기라서 괜찮겠지만.'

한 가지는 알고 있었다.

'다른 플레이어들의 클리어 평균보다 압도적인 시간차를 둬야 한다.'

다른 플레이어들에 비해 엄청난 속도로 깰 수 있다는 건 확신한다. 약간의 도박도 할 거다.

최저 레벨, 최단 시간 클리어.

그게 이번 보상을 결정하는 가장 큰 요소다.

최저 레벨일수록, 최단 시간일수록 시작 퀘스트의 보상은 커진다. 아직까지는 순조로웠다.

엘렌이 파트너로서 당연한 조언을 했다.

"신희현 플레이어, 당신에게 질문을 하지 않겠습니다. 하나 권고합니다. 이토록 설명도 없이 움직이는 것은 위험합니다. 길을 잃을 수도 있습니다."

신희현이 짧게 대답했다.

"설명할 시간 없어. 이제부터 호흡 하나까지 조절해야 돼. 네가 뭐라고 하든 대답하지 않을 거야."

잠깐의 시간, 로딩이 끝났다. 이제부터 진짜 시작이다. 숨을 고른 뒤 천천히 뛰기 시작했다. 비록 지금은 아무것도 보이지 않지만 이곳은 세이프티 존이다. 원래대로라면 이곳에 3분 정도 대기한 뒤 시작의 마을로 이동하게 된다. 파트너가 있으면 파트너의 설명을, 파트너가 없으면 헬퍼의 설명을 듣는 시간이다. 하지만 신희현은 과감히 그 과정을 생략했다.

그 과정 없이 1분 정도, 9시 방향으로 뛰면 시작의 마을로 강제이송 된다. 2분을 아낄 수 있다는 뜻이다. 일종의 시작 버그라고 불리는 것이었다.

"신희현 플레이어! 이곳은 시작의 방 초입입니다. 시작의 마을로 이동하기 전 심신을 다스리는 곳입니다. 이곳에서의 움직임은 엄격히 금해져 있으며……."

그러나 그녀는 말을 하지 못했다.

"……."

만약 엘렌의 성격이 조금 달랐더라면, 예를 들어 조금 더 발랄하고 호기심 많은 성격이었다면, '어라라? 뭐죠, 이건? 어째서 시작의 마을에 들어온 거죠? 이게 도대체 뭐죠?'라며 호들갑을 떨었을지도 모를 일이다.

엘렌은 주위를 둘러봤다.

'이곳은…….'

1분 만에 시작의 방을 벗어나 시작의 마을에 도착해 있었다. 엘렌이 당황하기도 전에 신희현은 이미 뛰고 있었다.

엘렌이 다시금 날개를 펼쳤다.

"……."

지면에서 약 30㎝ 정도 뜬 상태로 빠르게 신희현을 쫓아 날아가기 시작했다.

최용민과 김상목은 어려서부터 친구다. 둘 모두 범상치 않은 집안의 자제라 할 수 있었다.

최용민은 국내 굴지의 대기업 신성 그룹의 3대, 다시 말해 재벌 3세였고, 김상목은 2대째 국회의원을 배출한 집안의 셋째 아들이었으니까.

어쨌든 둘은 어려서부터 친구였고 지금은 둘만의 비밀을 간직하고 있다.

최용민이 말했다.

"이건 아직 세상에 밝힐 필요가 없어."

김상목은 치킨을 뜯으며 대답했다. 이러나저러나 별로 상관없다는 투다.

"그래? 네가 그렇다면 그런 거지 뭐."

이 세상에는 존재하지 않는 물건들이 있다. 이러한 물건들을 제대로 풀기만 한다면 대박이 날 거다.

"이 세계를 선점할 필요가 있어."

"아씨, 짜증 나. 뼈 왜 이렇게 많아? 먹기 개불편해. 치킨에 대한 능욕이다, 이건."

최용민은 어깨를 으쓱했다. 김상목과의 대화, 익숙하다. 어쨌거나 김상목은 자신의 말을 잘 듣고는 있을 거다.

헬퍼의 말을 빌리자면 일정 시간 기준이 있고, 그 기준 시간 내에서 최단 시간 클리어를 한 플레이어에게 커다란 보상이 돌아간다고 했다.

그래서 만반의 준비를 했다. 비밀리에 총도 구했다. 시작 퀘스트, 이미 세 번 정도 클리어해 봤다. 총까지 준비했으니 이제는.

"이번에는 시간을 4일 안으로 줄여보자고."

"……."

4일 안으로 줄이는 것도 가능할 것 같았다.

김상목은 대충 대답했다.

"오케이."

그는 아무래도 4일 내 클리어, 그런 것보다는 그냥 지금 먹는 치킨이 더 좋은 것처럼 보였다.

"다 먹었냐?"

"아, 잠깐만. 내게 1분의 시간만 허락해 줘."

단 한 조각의 치킨도 아깝다는 듯, 김상목은 치킨을 마구잡이로 입에 쑤셔 넣기 시작했다.

최용민은 잠시 눈을 감고 생각했다. 그가 생각한 최단 클리어 루트를 다시 한 번 떠올렸다.

'준비는 완벽해.'

사격장에서 총 쏘는 연습도 해봤다. 충분히 가능성이 있었다.

최용민은 이미 본능적으로 느끼는 중이었다. 이 시스템을 지배하는 자가 언젠가 세상을 지배할 것이다. 그 정도까진 아니어도 분명히 엄청난 이득이 있다.

"시작하자."

"자, 잠깐만. 한 조각만 더 먹고."

같은 시각.

신희현은 시작의 마을 중앙으로 달리고 또 달렸다. 체력을 비축하기 위해 너무 빨리 뛰지는 않았다.

'지금의 내 레벨은 1.'

그 느낌이 어떤 느낌인지 제대로 기억조차 나지 않는다. 어쨌거나 강한 능력을 갖고 있지 않은 건 틀림없었다.

엘렌이 날개 두 장을 펼치고 쫓아왔다.

"신희현 플레이어, 당신은 지금 대퀘스트를 받기 위하여 마을 촌장의 집으로 이동해야만……."

그런데 뭔가 이상하다. 이 방향.

'촌장의 집?'

촌장의 집이 보였다. 신희현이 마을 회관 앞에서 문을 두드렸다.

똑똑.

노크 소리가 들렸다. 엘렌이 황급히 주의를 줬다.

"시작의 마을 촌장님은 예의와 덕을 중시하시는 분입니다."

지금 저렇게 무대포로 행동하는 인간에게는 아무리 어려운 상황이어도 부탁을 하지 않을 사람이라는 걸 안다. 신희현 플레이어는 문전박대를 당할 것이 틀림없었다.

신희현이 말했다.

"촌장님께 큰 문제가 생겼음을 듣고, 너무나 걱정이 되어 한달음에 달려왔습니다."

"자네는……."

촌장은 뭔가를 설명하려고 했다. 하지만 신희현이 말을 잘랐다.

"제가 손녀분을 반드시 구출해 내겠습니다."

엘렌은 신희현을 쳐다봤다. 도대체 이게 무슨 경우란 말인가. 정말 어이없게도.

[대퀘스트: '촌장의 손녀를 구하라'가 발동되었습니다.]

……대퀘스트가 역대 최단 시간으로 발동됐다.

4장
대퀘스트 & 소퀘스트

역대 최단 시간으로 대퀘스트가 발동했다. 거기에 한술 더 떠, 신희현이 말했다.

"저…… 촌장님 부탁이 하나 있습니다."

"뭔가?"

"물 한 잔만 주시면 안 되겠습니까?"

"그야 어렵지 않지. 날 도와주는 자네인데 한 잔이 아니고 열 잔이라도 줌세."

그 말은 거짓이 아니었다. 잔이 아니라 아예 물병을 통째로 신희현에게 줬다.

"그럼 걱정 말고 들어가 계십시오. 제가 반드시 손녀분을 구출해 오겠습니다."

촌장이 고개를 끄덕였다. 촌장이 집 안으로 들어가고 난 뒤 신희현이 말했다.

"엘렌, 물을 많이 마셔봐."

"저는 목이 마르지 않습니다."

"설명할 시간이 없어. 일단 마셔. 파트너로서 진지하게 부탁하는 거야. 네가 내 부탁을 들어주지 않는다면 나는 여기서 절대 명령권을 사용할 생각이고."

"부탁…… 입니까?"

"그래."

결국 엘렌은 물을 마셨다. 거의 한 병을 통째로 다 마셨다. 그사이 신희현이 먼저 선수 쳤다.

"시작 퀘스트, 그중에서도 이 대퀘스트는 중점이 되는 퀘스트야. 또한 빠르면 빠를수록 그 보상이 커질 거고, 퀘스트창 명령어는 퀘스트창 활성이고. 어때?"

말을 다 마신 엘렌이 여전히 무표정한 얼굴로 신희현을 쳐다봤다.

"……맞습니다."

표정 자체는 무표정에 가까웠으나, 사실 엘렌은 혼란스러워했다. 그녀는 파트너다. 파트너이기 때문에 파트너로서의 임무를 반드시 수행해야만 한다.

"그러니까 설명 그만해도 돼. 네가 아는 모든 것을 내가 알아.”

“…….”

파트너의 임무는 제휴 각성을 맺은 플레이어에게 좀 더 특별한 클래스를 부여하고 육성에 도움을 주는 것이다. 그래서 처음에 파트너가 있느냐 없느냐에 따라서 육성법 자체가 달라질 수도 있다. 이것은 이후 플레이어의 인생에 커다란 영향을 끼칠 수도 있는 일이다.

‘그런데…….’

그런데 아까부터 너무 이상하다.

알려주지 않아도 모든 것을 알고 있다.

이게 어떻게 된 건지는 차치하고서 자신의 정체성에 대한 회의감마저 몰려올 정도였다.

[대퀘스트 활성화가 완료되었습니다.]

신희현이 또다시 뛰기 시작했다.

“신희현 플레이어, 어디로 향하는 것입니까?”

매뉴얼과는 완전히 다른 행동이다.

엘렌은 상식적인 생각대로, 즉 매뉴얼대로 생각했다.

대퀘스트가 완전히 활성화되었으면 그 정확한 내용을 확인해 보는 것이 우선이다. 당연히 그렇게 하는 게 맞다. 그래서 그에 관한 조언을 하고 싶었다.

'대퀘스트를 활성화시켜 보십시오'와 같은 지극히 상식적인 조언 말이다. 하지만 한 번 참았다. 저 플레이어, 뭔가 심상치 않다. 모든 것을 알고 있는 것 같다.

'그런데 방향이……'

그런데 방향이 조금 틀렸다. 퀘스트를 클리어해야만 하는 곳은 동부 사막이다. 그런데 지금은 동부 사막과는 완전히 반대편으로 달려가고 있다.

이제야 파트너로서의 임무를 다할 때가 온 것 같다. 플레이어가 다른 길로 갈 때에 알려주는 것이 바로 파트너의 역할 아니겠는가.

"신희현 플레이어, 동부 사막은 그쪽이 아닙니다."

"……"

신희현은 대답하지 않았다.

'나 지금 개쪼렙이라고.'

1분 1초가 중요하다. 체력 안배도 중요하며 호흡도 유지해야 한다. 괜히 달리다가 말하면 호흡이 흐트러진다. 그냥 옆에서 시끄럽게 울리는 알람 정도로 생각하기로 했다.

알람치고는 지나치게 아름답다는 것이 조금 특별하기는 했지만.

엘렌은 두 장의 날개를 펄럭이며 신희현을 가볍게 따라잡았다. 또 설명했다.

"신희현 플레이어, 파트너의 조언은 레벨 업에 지대한 영향을 끼칠 수 있습니다."

신희현은 아랑곳하지 않았다.

서쪽 마을 입구, 초병이 신희현을 막아섰다.

"너는 처음 보는 사람인데?"

"당신에게는 분명히 독주머니가 필요할 겁니다."

"……."

이번에는 엘렌도 입을 다물었다. 이쯤 오면 우연이라고 볼 수는 없었다. 이건 절대로 우연이 아니었다.

대퀘스트는 물론이고 소퀘스트마저도, 심지어는 그 내용조차도 훤히 꿰고 있는 것 같았다.

'나는…… 조언을 해야만 한다. 그것이 파트너의 임무다.'

하지만 지금 와서 조언을 해봐야 무슨 의미가 있다는 말인가.

이미 플레이어는 숙달된 플레이어처럼 퀘스트의 내용을 숙지하고 있으며 최단 동선을 머릿속에 입력시킨 모양이었다.

"네가 아는 모든 것을 내가 알아."

그 말이 결코 거짓말이 아닌 것 같았다.

'생각을 해본다면······.'

그렇다면 이다음은 물약 상점의 캘리나 대장간의 프론델에게 가야 하는 것이 맞다. 그들이 소퀘스트를 주니까. 그렇게 해서 이동하는 것이 가장 짧은 루트가 될 것이라고 생각했다.

[소퀘스트: '독주머니 구하기(x5)'가 활성화되었습니다.]

신희현이 또다시 달리기 시작했다. 이번에는 엘렌도 아무런 말도 하지 않고 뒤따랐다.

'이 방향은······.'

이 방향은 물약 상점의 캘리가 있는 방향이다. 맞았다. 이 플레이어는 분명히 대퀘스트와 소퀘스트의 내용을 전부 꿰뚫고 있었다.

시작의 마을 입성부터 모든 것이 철저한 계산 아래 이루어지고 있었다. 단 1초도 허투루 사용하지 않았으니까.

엘렌은 생각했다.

'만약에라도 노블레스 등급의 클리어가 가능하다면······.'

고개를 저었다. 노블레스 등급의 클리어, 불가능할 것이다.

애초에 시작의 마을 따위에서 노블레스 등급의 클리어가 나올 수가 없다. 그건 그냥 이론상에만 존재하는 클리어다. 적어도 시작의 마을에서 나올 법한 클리어는 절대로 아니었다.

그녀는 파트너로서 판단을 내렸다.

'이 이상의 조언은 간섭이 될 뿐이다.'

일단은 지켜봐야 하겠다고 마음먹었다. 이 플레이어, 정말로 범상치 않았으니까. 지금으로선 자신의 존재가 방해만 된다는 것을 알아차렸다.

자세히 보니 지금 신희현은 호흡 하나까지도 신경을 쓰고 있었다. 모든 퀘스트를 동시에 수락하고, 최단 동선을 유지하며 퀘스트를 동시 클리어하는 것. 일반적인 상식을 완전히 파괴하는 방식이었다.

그리고 일반적인 상식. 신희현이 또 깨버렸다.

신희현이 말했다.

"이봐, 캘리. 오늘 염색한 거야? 빨간 머리가 정말로 잘 어울리네. 역시 넌 정말 아름다워. 너의 아름다운 눈동자에 빠져 수영을 하고 싶을 정도야. 게다가 살이 많이 빠졌는데? 정말 날씬해졌어!"

엘렌은 또 말을 잃었다.

캘리는 아무리 좋게 봐줘도 아름답다고 할 수 없는 외모를 가졌다. 150㎝의 작은 키에 130㎏가 넘는다. 거기에 피부에는 여드름인지 뾰루지인지 알 수 없는 이상한 것들이 진뜩 돋아나 있었는데 분홍색 볼터치를 매우 과하게 해서 볼이 도드라져 보였다. 거기에 머리카락 색깔이 피를 연상케 하는 아주 시뻘건 색이라 촌스럽고 강렬했다. 몸에서는 이상한 냄새도 났다. 아름답다는 건 누가 봐도, 아무리 좋게 쳐줘도 거짓말이다.

누가 봐도 거짓말이라서 캘리가 화를 낼 줄 알았다. 그러나 캘리의 반응은 완전히 달랐다. 상상할 수도 없던 반응이 나왔다.

"어머? 진심이야?"

"그럼, 네 미모는 하늘이 알고 땅이 알고 있지. 만약 내가 유부남이 아니었다면 너에게 청혼을 하고 싶었을 거야."

캘리는 호호호! 하고 크게 웃다가 이내.

"자, 이건 내 아름다움을 알아본 너에게 주는 내 작은 선물이야."

라면서 물약을 하나 건네줬다. 여기까지 본 엘렌은 정말로 입을 다물었다. 이 플레이어는 간섭하면 안 된다. 이미 모든 걸 다 파악하고 있다. 절대 운이 아니었다.

신희현 플레이어가 일부러 '유부남'이라는 것을 강조했을지도 모르겠다는 생각이 들었다. 유부남이라는 걸 말하기 전에 캘리의 눈빛과 유부남이라는 걸 말하고 난 이후의 캘리의 눈빛이 완전히 달랐다. 엘렌의 직감은 사실이었다.

사실 신희현도 아주 조금 긴장했다.

'역시, 유부남이라고 구라를 쳐야지.'

과거, 실수로 유부남이라는 것을 밝히지 않고 이와 비슷한 대사를 했다가 캘리에게 구속되어 3일 동안 시작의 방을 벗어나지 못했던 플레이어들이 있었으니까.

신희현은 씨익 웃었다.

'콤보 물약이라니. 제법 수확이 좋잖아.'

이때, 캘리가 주는 물약은 랜덤이다. 콤보 물약은 그가 원하던 물약 중에 하나였다.

어쨌든 신희현은 최단 시간 공략에 있는 대사를 읊었다.

"정말 고마워. 혹시 아름다운 너에게 내가 보답을 할 수 있을까?"

퀘스트도 활성화됐다.

[소퀘스트: '두 머리 황소의 뿔을 구하라!'가 발동되었습니다.]

엘렌은 잠자코 신희현의 뒤를 따랐다. 신희현은 숨을 골랐다. 이제 마지막으로 대장간의 프론델에게 가야 했다.

땅! 땅! 땅!

망치질 소리가 멀리서 들려왔다.

대장간에 들어섰다.

"어서 오십……!"

신희현이 말을 잘라 버렸다. 대장간의 프론델은 엄청난 수다쟁이다. 까딱 잘못하면 퀘스트 받기도 전에 몇 분을 날려 버릴 수도 있다.

이 프론델 공략법(?)이 제일 나중에 나왔다.

"닥치고 부탁해라."

땅에서 약간 뜬 상태로 천천히 날아오던 엘렌이 순간 고꾸라질 뻔했다.

부탁해라라니. 저딴 식으로 퀘스트를 받는 플레이어가 있다는 말, 듣지도 못했다.

갑자기 부탁해라라고 했다. 어쩌면 프론델이 화를 낼 수도 있을 거란 생각이 들었다. 만약에라도 그런 상황이 온다면, 파트너로서 플레이어를 도와야 했다. 그것이 파트너의 임무니까. 마음의 준비를 했다.

그런데 어처구니없는 대답이 들려왔다.

"크하하핫! 이거 아주 호탕한 친구구만!"

그리고 황당한 알림음이 이어졌다.

[소퀘스트: '큰 뱀의 껍질(x3)을 구하라!'가 발동되었습니다.]

신희현이 다시 뛰기 시작했다. 그리고 조금은 긴장했다.

'이제부터가 진짜다.'

공략법은 훤히 꿰고 있지만 그렇다고 해서 위험하지 않은 건 아니었으니까.

아무리 시작의 방 퀘스트라고 해도 실수하면 죽는다. 신희현은 그 사실을 잘 알고 있었다.

'방심만 하지 않으면 돼.'

과거로 돌아온 이후 첫 전투를 위해 동문을 나섰다.

[대퀘스트: '촌장의 손녀'를 구하라!]

[소퀘스트: '독주머니(x5)'를 구하라!]

[소퀘스트: '두 머리 황소의 뿔'을 구하라!]

[소퀘스트: '큰 뱀의 껍질(x3)'을 구하라!]

시작의 마을은 세이프티 존이다.

세이프티 존. 몬스터의 공격을 받지 않게 설정된 곳이다.

경우에 따라 같은 플레이어에 의한 공격은 받을 수 있는 곳도 있기는 하지만 시작의 마을의 경우는 그 어떤 공격과 간섭도 받지 않는다.

하지만 동부 사막부터는 세이프티 존이 아니다.

이 시스템 내에는 몇 가지 '존'이 있는데, 지금 신희현이 나가려고 하는 곳은 바로 몬스터 존이다.

'현재 레벨 1.'

일단 레벨 5까지는 올려야 했다. 그래야 퀘스트를 수행할 수 있다. 첫 번째 목표는 사막 뱀이다.

'엘렌도 조용하고.'

잔소리를 늘어놓던 엘렌도 이제 입을 다물었다.

지금 당장은 서열 관계에 의한 복종이라든가, 아니면 믿음을 바탕으로 한 신뢰의 침묵이라기보다는 너무나 이질적이고 새로운 플레이 방식에 대한 의문 때문에 입을 다물고 있는 것 같기는 했지만.

'오케이. 시작한다.'

눈앞에 토끼가 보였다. 비선공 몬스터이며 난이도도 매우 낮다. 위험하지도 않다. 다만 속도가 빨라서 잡기가 어렵다. 그래서 그냥 안 잡기로 했다. 잡으려면 잡을 수 있지만 잡기 귀찮은 몬스터니까.

엘렌은 잠자코 신희현을 따라 걸었다.

'도대체 어떻게 하려고.'

원래는 말을 해줘야 한다. 토끼는 가장 약한 몬스터다. 모든 존을 통틀어서 그렇다. 위험하지도 않고 공격 능력도 없다. 사실상 토끼는 전투를 위한 몬스터라기보다는 살상에 익숙해지도록 만들어주는 역할을 하는 몬스터라고 볼 수 있다.

'토끼들을 그냥 지나쳐 가고 있어.'

토끼들에게는 관심이 없는 것 같았다.

역시나. 일반적인 플레이어들과는 달랐다.

플레이어들은 보통 토끼를 죽자 살자 사냥한다. 보통은 레벨 3이 될 때까지 토끼를 잡는다. 파트너들도 그것을 권장한다. 그게 가장 안전한 레벨 업 방법이다.

동부 사막을 계속 가로질러 뛰었다. 체력 안배를 위해서인지 속도는 많이 낮추었다.

태양이 이글거렸다. 난이도가 높아졌다. 엘렌이 주의를 줬다. 이 플레이어가 범상치 않은 건 틀림없지만, 말을 아예 안 할 수는 없는 노릇이니까.

"여기서부터는 사막 뱀이 나타나는 구간입니다."

사막 뱀은 어른 팔뚝만 한 크기의 누런색 뱀이다.

"알고 있어."

신희현은 주변을 둘러보고선 회심의 미소를 지었다.

'역시 모든 것이 똑같다.'

과거와 대부분의 것이 똑같다.

딱 두 가지, 다른 것을 꼽자면 '관리자'라는 것과 자신이 현재 이곳에서 플레이어로 활동하고 있다는 것 정도.

'내게 유리할 수밖에 없어.'

최후의 보상 HAN을 얻을 때까지 가장 유리한 고지를 가장 먼저 차지할 수 있을 거다.

숨을 골랐다.

"후우우……."

숨을 고르는 이유는 간단했다. 거친 숨소리가 새어 나가지 않게 하기 위해서다.

과거 기준에서 보자면 사막 뱀은 결코 위험한 몬스터가 아니다.

그는 길잡이였었다. 무력이 그렇게 강하지 않은 클래스다. 하지만 사막 뱀을 상대로라면 맨몸으로 하루 종일 얻어맞아도 괜찮다. 사막 뱀 수백 마리가 둘러싸도 두려울 게 없다. 시작의 마을에 있는 몬스터 대부분이 그렇다. 모두 약한 몬스터.

'문제는 나도 개쪼렙이라는 거지.'

강함은 언제나 상대적인 거다.

'방심하면 죽는다.'

하지만 시작의 마을 몬스터는 약한 만큼 많은 공략이 이루어졌던 몬스터이기도 하다.

처음에는 이 몬스터에 대한 공략법은 필요 없었다. 레벨을 높이고 몬스터보다 강해져서 힘으로 찍어 누르면 되었으니까.

분명 그래도 되기는 한다. 시간이 오래 걸리고 효율이 떨어질 뿐이다. 이름하여 '노가다'라는 플레이 방식인데, 고수에 가까운 플레이어일수록 노가다는 멀리하는 경향이 컸다.

비록 직접 전투 클래스는 아니었지만 신희현 역시 톱급에 근접한 플레이어였다.

게다가 효율성을 극도로 추구하는 클래스인 길잡이.

비효율적인 사냥. 제일 싫어하는 짓이다.

'일단 목표는 시작 퀘스트 클리어와 레벨 20을 찍어야 해.'

20까지는 무조건 올려야 했다. 그리고 나면 이 소환사라는 클래스에 대한 정의가 어느 정도 내려질 거다.

그때 진명이 활성화된다. 소환사라는 이 클래스에 관한 윤곽이 보일 거라는 소리다.

사막 뱀이 보였다. 뒤로 살금살금 걸어갔다.

엘렌이 침을 꿀꺽 삼켰다. 그녀의 눈동자가 약간 흔들렸다.

무모합니다.

그렇게 말하고 싶었다.

저 플레이어의 범상치 않음을 이미 알고는 있지만 사막 뱀은 위험한 몬스터다. 잘못해서 급소 포인트를 정확하게 물리면 즉사할 수도 있다.

일정 확률로 마비가 되는데, 현재 플레이어의 상태로는 마비 이후의 공격을 버텨낼 재간이 없다.

엘렌은 지금 이 순간에도 신희현을 말려야 하나, 말리지 말아야 하나를 두고 끝없이 갈등했다.

'사막 뱀의 바로 뒤까지 걸어가다니……! 저 플레이어는 목숨이 두 개라도 되는 건가.'

다른 파트너들이 알게 된다면 직무유기라면서 난리를 칠지도 모를 일이다. 엘렌은 입술을 깨물었다.

'아니, 나는 방해하면 안 돼.'

플레이어가 죽으면 안 된다. 그러면 파트너도 죽는다. 그것이 파트너의 운명이다. 플레이어의 생명이 다하는 순간 파트너의 생명도 꺼진다. 그런 의미에서 살펴보자면 이 플레이어를 막아야 하는데, 그래야 하는데.

픽!

요란한 소리가 났다.

사막 뱀의 머리가 터져 나갔다.

순식간에 벌어진 일이었다.

[상위 레벨 몬스터를 사냥했습니다.]

[20퍼센트의 추가 경험치가 주어집니다.]

엘렌 역시 그 알림을 동시에 들었다.

'대단해…….'

사막 뱀은 감각이 예민하지 못하다. 특히 뒤쪽의 감각이 거의 전무하다.

'그렇다고는 해도 저 과감함은 뭘까.'

어디서 나오는 자신감인지 도무지 알 수 없었다.

신희현이 말했다.

"일반 플레이어들이랑은 많이 다르지?"

"……예, 그렇습니다. 신희현 플레이어는 상식을 완전히 벗어난 플레이어입니다. 저는 지금 갈피를 잡지 못하겠습니다. 그리고 왜 이제야 말을 거시는 건지도 모르겠습니다. 모든 것이 의문투성이이이군요."

"이 스폿이 바로 사막 뱀이 딱 한 마리 나오는 스폿이거든. 두 마리 이상은 힘들어."

"……."

"리젠 시간은 약 45초. 그러니까 지금부터 약 40초 정도는 여유가 있다는 거야."

"……그러한 정보는 어떻게 아셨습니까?"

"요즘 정보화 시대잖아. 그것도 몰라?"

엘렌은 정말로 할 말을 잃었다. 정보화 시대랑 몬스터에 대한 정보 혹은 몬스터 존의 지형적인 정보랑 무슨 관련이 있단 말인가.

"너는 잘 모르겠지만 인터넷이라는 게 있어. 거기 다 나와."

"하지만 신희현 플레이어의 과감함은 이해할 수 있는 통상 수준을 몹시 벗어나 있습니다."

일반적으로 플레이어들은 토끼 하나를 죽이는 것도 망설인다. 그럴 수밖에 없다. 현대인에게 있어서 살상은 별로 익숙한 것이 아니니까. 하다못해 커다란 벌레 하나 죽이는 것도 무서워하는 사람이 많다.

그런 의미에서 어른 팔뚝만 한 뱀, 그것도 독을 가진 뱀 뒤까지 살금살금 걸어가 그 머리를 정확하게 내려치는 그 행동은, 실력도 실력이지만 배짱이 있어야만 가능한 일이기도 했다.

"곧 리젠돼."

게다가 시계도 없는데 45초를 거의 정확하게 계산하고 있었다. 마치 몸속에 시곗바늘이라도 달린 것처럼.

그렇게 몇 번을 반복했다. 그사이, 신희현은 자신의 계획을 간략하게 설명했다. 그래 봐야 40초 정도씩이라서 자세하게는 설명하지 못했지만.

일단은 레벨 5까지는 이러한 방식으로 올릴 것이라 얘기해 줬다.

신희현에게 알림음이 들려왔다.

[레벨이 5가 되었습니다.]
[축하합니다. 몬스터 존 확장 요건을 만족했습니다.]
[몬스터 존이 확장됩니다.]

그리고 엘렌 역시 알림음을 들었다.

[최단 시간 몬스터 존 확장에 성공했습니다.]

시작의 마을에 최초 입성인데 최단 시간 기록을 세웠다.
엘렌은 문득 생각했다.
'최초 입성, 최저 레벨, 타의 추종을 불허할 만큼의 압도적인 최단 시간.'
이 모든 것이 종합되면.
'노블레스 등급 클리어가 가능할 수도 있을 거야. 정말로…… 가능할 수도 있을 것 같아.'
막연한 기대감이 들었다. 아까까지는 불안감과 호기심이었다면 그것이 이제는 기대감으로 바뀌었다고 할 수 있겠다.
뭐랄까. 파트너를 정말로 잘 만난 것 같은 그런 기분이 들었다.

경고음이 울렸다.

[플레이어의 레벨에 비하여 난이도가 높은 지역에 입성합니다.]
[주의를 요합니다.]

몇 발자국, 걸음을 옮긴 뒤 신희현이 말했다.

"엘렌."

그리고 무언가를 이야기했다. 엘렌은 신희현을 쳐다봤다.

"……진심이십니까?"

거의 무표정에 가까웠던 엘렌의 표정이 완전히 변했다. 경악하는 표정이었다. 믿을 수 없는, 아니, 믿기 싫은 말이 신희현의 입을 통해 나왔다.

신희현이 말했다.

"진심이야. 이 방법이 시작 퀘스트를 최단 시간에 클리어할 수 있는 방법이야. 네 도움이 반드시 필요하고. 너는 느끼고 있겠지만 나는 이미 퀘스트의 모든 내용을 알고 있어. 네가 바라마지 않는……."

호흡을 가다듬고 말을 이었다.

"노블레스 등급 클리어도…… 불가능하지 않을 거라고 봐."

5장
그 둘과의 조우

엘렌의 얼굴이 조금 붉어졌다.

"그래서…… 제게 아까 물을 먹인 겁니까?"

신희현이 물었다.

"못 해? 파트너잖아."

"못 하는 건 아닙니다만."

신희현도 솔직히 미안하게는 생각한다. 엘렌의 수치스러
움을 이해하고 있다. 하지만 이게 가장 빠른 방법이다. 길잡
이로서 생활했던 그에게 '효율'은 거의 최고의 가치나 다름없
었다.

신희현은 한 번 숨을 들이마셨다.

"파트너의 임무는 나를 도와 최후의 보상 HAN을 얻게 하

는 것 아니었나?"

"……맞습니다."

"너희에게도 HAN은 필수적인 것이라고 들었다. 정확히 그것이 왜 필요한 것인지는 모르겠지만."

"……."

"HAN을 얻는 것은 어려워. 그것도 매우 아주 더럽게 어려워. 그런데 고작 이것 때문에 머뭇거리고 주저한다면 나는 도대체 누구를 의지해야 하지? 심지어 노블레스 등급 클리어도 바라볼 수 있다고까지 얘기했어. 그런데도 이게 머뭇거릴 일이냐?"

엘렌은 솔직히 묻고 싶었다.

의지는 개뿔. 언제 당신이 나를 의지했는가.

되묻고 싶은 마음이 일었지만 참았다.

"……."

신희현은 안다. 파트너들이 가장 크게 반응하는 말. 일부러 그 말을 던졌다.

"너 내 파트너 맞냐?"

아니나 다를까. 언제나 무표정을 유지하던 엘렌의 표정이 아주 조금 변했다. 비록 그 변화는 아주 미비하긴 했지만.

그녀의 몸이 움찔 떨렸다. 그 와중에 신희현은 '정말 기똥차게 예쁘긴 하네' 하고 생각하고 말았다. 상황과는 별개로 말이다. 스스로도 어이가 없어 피식 웃고 말았다.

그리고 또 하나. 그에게 있어서 굉장히 중요한 사실을 떠올렸다.

'민영이는…… 잘 지내고 있겠지.'

민영이도 당연히 찾을 거다. 예전과 같은 방식으로. 그날이 오기까지 일단 기다리고 있는 중이다. 신희현은 마음을 다잡았다.

'지금 중요한 건 이게 아니야.'

말을 이었다.

"겨우 이것을 못 하겠다면 나는 계약 철회를 요구하겠다."

물론 신희현은 그럴 생각이 전혀 없다.

강유석의 진명이 소환사라는 것은 이상한 일이기는 했지만, 어쨌든 그가 세계 최강의 플레이어였다는 건 틀림없는 사실이니까.

하지만 배짱을 부렸다. 지금 엘렌의 입장에서 신희현은 전무후무한 전천후 플레이어일 테니까.

"아닙니다."

"내 제안을 받아들일 거지?"

"……좋습니다."

엘렌의 얼굴이 아주 조금 붉어졌다. 길잡이를 하면서 워낙에 눈썰미가 좋아진 신희현이라서 겨우 알아차릴 수 있을 정도로 미세한 붉어짐이기는 했으나 하여튼 붉어진 건 틀림없었다.

"등을 돌려주십시오."

신희현이 요구한 것은 별거 아니었다. 이 자리에서 소변을 보라는 얘기였다.

지금 이 몬스터 존에 서식하는 몬스터는 독 개구리다. 사막 뱀보다 단일 개체의 힘은 약하지만 무리를 지어 몰려다닌다는 것이 문제다.

그런데 그 독 개구리는 괴이한 습성을 가지고 있다. 종을 불문하고 암컷의 소변을 기가 막히게 좋아한다. 그것도 방금 배출된(?) 소변을 좋아한다.

신희현이 등을 돌리자 엘렌은 옷을 내렸다.

사륵. 사르륵.

옷과 살결이 부딪치는 소리가 들려왔다.

'엘렌의 성격이 과거와는 조금 다른 것 같긴 하지만.'

여전히 협조적인 것임에는 틀림없었다. 파트너의 성향에 따라 조금씩은 다르지만 여성 파트너의 경우 이러한 경우 거부하기도 했으니까.

'어쨌든 상당히 내게 협조적이라는 것도 확인했어.'

여기까진 아주 오케이다.

신희현은 피식 웃었다. 조금 미안하기도 하다. 시간을 아긴답시고 멀리 떨어져 주지도 않았다. 그저 등을 돌렸을 뿐이다.

어느새 옷을 입은 엘렌이 말했다.

"끝났습니다."

"그럼 35발자국 도망치자."

신희현이 먼저 뛰었다. 독 개구리로부터 안전한 거리를 확보했다.

개굴. 개굴. 개굴. 개굴.

이윽고 개구리 떼가 몰려들기 시작했다. 그 수는 어림잡아 열다섯 정도.

'저 중에 서너 마리만 나를 공격해도 나는 시체가 되겠지.'

현재 레벨 5. 원래대로라면 레벨 7은 되어야 저놈들을 상대할 수 있다. 집단행동을 하는 몬스터는 까다로우니까.

이 시스템에 있어서 '레벨'이라는 건 거의 절대적인 힘이라고 보면 된다. 그것을 '레벨 절대 룰'이라고 부른다.

대표적인 예로 레벨 9인 플레이어 10명이 모여 있어도 레벨 10인 플레이어를 이길 수 없다.

레벨이란 절대적인 지표이며 강함의 척도다.

플레이어와 플레이어 사이에서는 이 절대 룰이 적용된다.(스킬, 아이템에 따라 예외도 존재하지만 대체적으로는 그렇다.)

몬스터와 플레이어 사이에서는 약간 다르다. 이 경우 플레이어는 불이익을 받는다.

저레벨의 플레이어는 고레벨의 몬스터를 공격할 수 없지만, 저레벨의 몬스터는 고레벨의 플레이어를 공격할 수 있다.

원래라면 그렇다.

그런데 이 '시작의 방'만큼은 약간 달랐다.

'시작의 방'은 그 절대 룰에서 약간 벗어나 있는 특수한 공간이다. 레벨 5인 신희현이 레벨 7인 독 개구리를 상대할 수 있는 것도, 이 '시작의 방'이 레벨 절대 룰에서 자유로운 특수한 공간이라서 그렇다.

'놈들은 물론 강해. 하지만.'

이내 개구리의 소리가 잦아들기 시작했다.

저 괴랄한 습성을 가진 개구리들은 암컷의 소변을 미친 듯이 핥아대다가 이내 배를 뒤집어 까고 헤롱거리기 시작했다. 오랜 시간 저러고 있는 건 아니다.

손에 들고 있는 돌로 개구리의 머리를 사정없이 내려치기 시작했다. 익숙한 알림이 들려왔다.

[1콤보]

[2콤보]

[콤보 시스템이 활성화됩니다.]

[3콤보]

[4콤보]

[5콤보]

[6콤보]

일정한 타이밍에 맞추어 제대로 공격을 성사시키면 콤보 시스템이 활성화된다. 이는 경험치 획득에 있어서 커다란 도움을 주는 시스템이다. 또한 콤보 수가 높아지면 높아질수록 크리티컬 샷 확률이 상승하며 클리어 보상에도 직접적인 영향을 끼친다.

[독 개구리를 사냥했습니다.]

[상위 레벨 몬스터를 사냥했습니다.]

[20퍼센트의 추가 경험치가 주어집니다.]

알림음이 계속 이어졌다.

[독 개구리를 사냥했습니다.]

[연속 8콤보에 성공하였습니다.]

[20퍼센트의 추가 경험치가 주어집니다.]

엘렌은 신희현의 뒷모습을 물끄러미 쳐다봤다.

독 개구리에게 저런 습성이 있다는 것도 처음 알았는데.

'연속 8콤보를 성공시켰어.'

있을 수 없는 일이다. 단련된 플레이어라 할지라도 5콤보 이상을 넘기기 어렵다.

'어떻게……?'

지금 시점에서 5콤보를 넘긴 플레이어는 겨우 3명밖에 없다. 적어도 그녀가 알기로는 그랬다.

'이게 가능한 일인가……?'

직접 봤는데도 믿기 힘들 정도였다. 그에 반해 신희현은 입술을 살짝 깨물었다.

'너무 개쪼렙이라 콤보 타이밍을 맞추기가 어렵네. 이 몸도 익숙하지 않고.'

적어도 12콤보까지는 이어갈 수 있을 줄 알았는데, 겨우 8콤보밖에 못 했다. 아무리 익숙하지 않은 레벨 5의 신체라지만, 흡족하지 못했다.

"쳇."

투덜거릴 시간은 없었다. 독주머니가 보였다.

'이 짓도 오랜만이네.'

아무리 아름다운 엘렌의 소변이라도 소변은 소변이다. 그나마 아까 물을 많이 마시게 해서 다행이다. 어쨌든 맑은 색에 가까웠으니까. 냄새도 안 났다.

독주머니를 손으로 집어 올렸다.

'인벤토리 귀속.'

몬스터가 드랍한 아이템을 인벤토리에 넣으려면 그 몬스터를 공격한 지분이 있어야 하고 그 아이템을 신체로 직접 만져야 한다.

아이템을 습득하는 방법은 총 두 가지다. 예전 헬퍼가 아이템을 인벤토리로 직접 전송해 준, 직접 전송 방식과 이렇게 신체의 일부를 사용하여 주워야 하는 획득 방식.

[독주머니를 획득하였습니다.]

개수를 확인해 보니 그 숫자가 무려 10개에 이르렀다. 드랍률이 높았다.

'수확이 좋네.'

신희현은 손을 털어 냈다. 소변 정도 얼마든지 만질 수 있다. 소변이 아니라 똥통에 빠져야 할 때도 있을 거고 그보다 더한 시체 썩은 냄새가 나는 던전을 헤매게 될 때도 있을 거다. 소변 정도는 시련 축에도 들지 못한다.

독주머니는 구했다. 소퀘스트 중 1개를 완료한 셈이다.

신희현은 주변의 바위에 잠시 앉았다. 독 개구리의 리젠 시간은 5분이 넘는다. 다음 장소로 이동하기 전까지 약간의 휴식을 취할 수 있는 시간이다.

"2분 정도 질문 받을게."

"신희현 플레이어는 지금까지 최단 시간, 최단 경로로 퀘스트 아이템을 얻어내고 있습니다. 맞습니까?"

"맞아."

"다음 목적지는 늪입니까?"

"1차 목적지는 아니지만 일단 그것도 맞긴 맞아."

"큰 뱀의 껍질을 구하려고 하시는 거군요."

"이제야 제법 상황 파악을 잘하네. 그리고 지금 내가 이렇게 대화를 하고 있는 이유도 잘 알고 있을 거고."

"체력 안배를 위해서겠죠. 체력 시스템이 오픈되지도 않았는데. 당신은 어떻게 이 많은 것을 알고 있는 겁니까?"

"그건 중요하지 않아. 나는 HAN을 원해. 그리고 너도 HAN을 원하지. 그럼 된 거 아니야? 너희 파트너들의 최종 목적은 HAN이잖아."

"……맞습니다."

그리고 엘렌이 다시 말했다.

"신희현 플레이어는 현재 8레벨입니다. 역대 최고 속도로 레벨 업을 하고 있습니다. 신희현 플레이어의 능력에 찬사를 보내는 바입니다."

"그렇게 뜸 들이는 건. 큰 뱀이 위험하다고 말하려고 하는 거지?"

"……."

엘렌은 말을 잇지 못했다.

이 플레이어, 모든 걸 너무나 잘 알고 있다.

"나도 위험한 거 알아. 그래서 헬퍼를 협박해서 아이템을 얻어낸 거고."

신희현이 피식 웃었다.

"오빠 믿고 따라와라."

엘렌은 자신의 귀를 의심했다.

"……잘 못 들었습니다."

"큰 뱀을 사냥하기 전에 이빨 자라를 잡을 거야."

"하지만 이빨 자라는……."

"네가 아는 모든 걸 내가 안다고 했잖아. 이제 시간 별로 없어. 나도 알아. 그놈, 일반적인 방법으로는 사냥 불가능한 거. 굳이 잡을 필요도 없는 놈인 데다가 까다롭잖아. 잘못하면 나는 죽을 테고."

신희현이 인벤토리를 활성화시켰다.

"그래서 이게 필요한 거지."

엘렌도 그것을 확인했다.

"그것은……."

몇 시간 전 헬퍼가 말했다.

-네까짓 놈들이 감히 최단 시간 클리어에 도전하겠다고?

최용민이 말했다.

"예, 분명 최단 시간 클리어를 하면 커다란 이득이 있을 거라는 알림을 들은 적이 있습니다."

헬퍼가 비아냥거렸다.

-퍽이나.

정체는 정확하게 모르겠지만 그 재수 없고 괴물 같은 놈이 시작 퀘스트를 진행하고 있다. 그런데.

-너희들의 레벨이 몇이지?

최용민과 김상목이 말했다.

"저는 12."

"저는 13입니다."

헬퍼는 아무 말도 하지 않았다. 잠시 시간이 흘렀다.

최용민이 물었다.

"어째서 물어보십니까?"

헬퍼가 말했다.

-시스템에는 절대 룰이 있다. 저레벨의 플레이어는 고레

벨의 플레이어를 공격할 수 없어. 레벨이 곧 권력이라는 소리다. 시작의 방은 약간 다르긴 하지만 뭐. 기본적으로는 그렇다는 뜻이지.

최용민과 김상목은 고개를 갸웃했다. 갑자기 헬퍼가 좀 친절해진 것 같다. 왜 이런 얘기를 해주는지도 잘 모르겠다.

헬퍼가 말했다.

─원래 시작 퀘스트는 각 플레이어마다 독립된 다른 공간에서 진행된다. 너희도 여태까지 그래 왔지.

그 말이 맞았다. 동시에 같이 시작의 방에 입성한 것은 오늘이 처음이다.

─그러나 두 명 이상의 플레이어가 동시에 진행하게 되면, 독립 공간이 아닌 공유 공간에서만 클리어가 진행되게 된다.

헬퍼가 뜸을 들였다.

─어디 보자……. 마침 좋은 자리가 하나 있군. 이곳으로 연결시켜 주겠다.

김상목과 최용민은 고개를 끄덕였다.

헬퍼의 말은 무슨 뜻인지 알아들었다. 공유 공간이란다. 다른 플레이어가 플레이를 하고 있을지도 모른다는 소리다.

헬퍼가 말했다.

─현재 진행 중인 플레이어보다 너희가 레벨이 5이상 높군. 소퀘스트 하나 클리어 조건을 하나 만족했군.

오늘따라 지나치게 친절했다.

-잘해봐라.

그리고 시작 퀘스트가 진행됐다.

헬퍼가 혼자서 중얼거렸다.

-어디 보자. 지금 레벨이 8이네.

방금 전 저 둘에게 말해준 것이 레벨 7 기준이었다. 몇 초 지나지도 않았는데 레벨이 8이 됐다. 원래대로라면 있을 수 없는 일이다.

지금 들어간 저 플레이어, 신희현 플레이어는 굉장히 이상한 플레이어였다. 혹시나 관리자인가 싶었는데 관리자도 아니었다. 그렇다면 도대체 뭐란 말인가.

헬퍼가 생각하는 신희현은 이랬다. 재수 없고 마음 같아선 패버리고 싶지만 그렇다고 혼자서는 어떻게 손쓸 수 없는 짜증 나는 놈.

혼자서 중얼거렸다.

-재미있는 상황이 벌어질 수도 있겠어.

최용민이 말했다.

"어쩌면 일이 쉽게 풀릴 수도 있어."

"뭐가?"

"이미 진행 중인 플레이어가 있다며? 우리가 여러 번 확인한 결과, 퀘스트의 내용은 동일해."

그렇다는 말은 이미 진행 중인 플레이어가 퀘스트 아이템을 모으고 있을 수 있다는 소리다.

"헬퍼…… 아니, 헬퍼 님께서 말씀하셨잖아. 소퀘스트 한 개를 클리어했다고. 그게 의미하는 바가 뭐겠어?"

"그럼 나머지 두 개를 깨려고 하겠지, 뭐."

"바로 그거지."

'아, 근데 소고기 먹고 싶다' 하고 김상목이 입맛을 다셨다.

최용민은 아랑곳 않고 할 말을 이었다.

"게다가 시작 퀘스트는…… 기존의 아이템을 인정하지 않잖아."

그 말인즉, 시작 퀘스트를 수령한 이후로부터 습득한 아이템만을 퀘스트 아이템으로 취급한다는 소리다.

하지만 같은 방을 공유하고 있는 다른 플레이어가 습득한 아이템을 빼앗는다면? 그러면 퀘스트 아이템으로 인정될 수도 있을 것 같았다.

이러나저러나 김상목은 계속해서 먹을 것 타령을 해댔다.

"이거 끝나면 소고기 사줘. 소고기가 땡겨."

그것에 익숙한 최용민은 그저 씨익 웃었다.

"더 빠른 클리어를 할 수도 있을 거라고 봐. 놈이 퀘스트 아이템을 갖고 있다면. 독주머니를 가지고 있겠지."

"빼앗자고? 그건 나쁜 건데?"

"협의를 하는 거지. 말이 잘 통하는 상대라면 말이야."

그들은 가진 것이 많다. 원하는 것 정도 들어줄 수 있다.

최용민이 말을 이었다.

"하지만 말이 통하지 않는다면……."

"소고기로 꼬시면 넘어오지 않을까?"

최용민은 생각했다.

'레벨 절대 룰.'

이쪽은 저쪽을 공격할 수 있지만, 저쪽은 이쪽을 공격할 수 없다. 그것이 바로 헬퍼가 알려준 절대 룰이었다.

"어쩌면 헬퍼 님께서 힌트를 준 걸지도 몰라."

"몰라. 난 개 싫어. 먹을 것도 안 주고. 맨날 승질만 부리잖아."

"하여튼 얼른 시작하자고."

대기 시간 3분이 지났다. 시작의 마을이 눈에 보였다. 참고로 말하자면 신희현은 여기서 1분도 안 걸렸다.

그래도 이제 제법 퀘스트에 익숙해졌다.

최용민이 말했다.

"퀘스트 일괄 수령 후에 먼저 들판으로 이동하자. 들판에 없다면 늪 근처에 있겠지."

퀘스트 클리어 순서를 역으로 하여 이동하기로 했다.

신희현이 아이템을 꺼내 들었다.

"그것은…… 두꺼운 장갑…… 입니까?"

"어, 이걸로 이빨 자라를 잡을 거야."

신희현은 이빨 자라를 사냥하기 위해 이동했다.

퀘스트와 직접적인 관계는 없는 몬스터지만 최단 시간 클리어를 위해서라면 필수로 잡아야 하는 몬스터이기도 했다.

이빨 자라는 이빨이 굉장히 날카로운 자라 형태의 몬스터다. 이빨 자라는 정공법으로는 상대하기가 거의 불가능한 몬스터다. 껍질은 단단하기 그지없으며, 껍질을 공격하면 껍질에서 강한 신경독이 뿜어져 나온다.

현재 신희현의 능력으로 외부에서 공격하기란 불가능에 가깝다. 그래서 안쪽을 노려 공격해야 한다.

그러나 그것 역시 쉽지 않다. 이빨 자라는 전체적으로 움직임은 느려도 껍질 속으로 숨어드는 속도만큼은 발군이다.

사실상 신희현의 레벨로는 잡을 수 없는 몬스터라는 소

리다.

[이빨 자라를 사냥했습니다.]
[상위 레벨 몬스터를 사냥했습니다.]
[20퍼센트의 추가 경험치가 주어집니다.]

그럼에도 불구하고 신희현은 두꺼운 장갑을 활용해 이빨 자라들을 사냥했다.

리젠 시간을 빌어 신희현은 잠시 휴식을 갖기로 했다. 침묵을 유지하던 엘렌이 그제야 입을 열었다.

"그래서 두꺼운 장갑을 달라고 요구하셨군요."

이빨 자라는 본능적으로 자신이 깨물 수 있는 것과 자신이 깨물 수 없는 것을 구별한다.

쇠파이프를 갖다 대면 물지 않는다. 물렁한 것을 갖다 대면 문다.

특히나 그것이 사람의 손가락일 경우에는 그러한 경향이 두드러진다.

사람의 손가락을 매우 좋아하는 건지, 다른 이유가 있는 건지는 몰라도 이빨 자라는 사람의 손가락을 물면 놓지를 않는 습성을 가지고 있다.

신희현은 그 습성을 이용하여 이빨 자라의 얼굴을 껍질 밖으로 유인한 뒤 돌로 그 머리를 으깨 죽이는 방법을 사용했다.

껍질 밖으로 유인만 할 수 있다면, 그리고 이빨을 막아낼 수만 있다면 사냥하기는 그리 어렵지 않은 몬스터다. 당연히 레벨 업은 빨랐다.

엘렌이 본 신희현의 사냥법은 굉장히 독특했다.

다른 플레이어들이 레벨을 올리고, 그에 따라 그 수준에 맞는 몬스터를 사냥한다고 한다면 신희현의 경우는 몬스터의 습성을 파악한 뒤 그것을 토대로 약점을 공략하는 방법을 쓰고 있다.

'이빨 자라를 그렇게 공략하는 방법이 있을 줄은……'

만약 엘렌이 자신의 감정 표현에 더욱 적극적인 타입의 여자였더라면, '우와! 그런 방법이 있을 줄은 꿈에도 몰랐어요! 정말 대단해요. 어떻게 그런 방법을 떠올릴 수가 있었죠? 당신은 천재예요!'라고 호들갑을 떨었을지도 모를 일이다.

신희현은 피식 웃었다.

"시작의 방에서만 가능한 방법이기도 하고."

누가 이 방법을 고안했는지는 알 길이 없다.

시작 퀘스트를 클리어하는 공략은 누가 먼저 만들었는지도 모를 만큼 광범위하게 퍼져 있었으니까.

몬스터 존에 들어왔을 때, 현실의 옷이나 무기 등이 없어지는 건 아니다.

하지만 현실의 도구는 아이템으로써의 한계가 명백하다. 현재 신희현이 착용하고 있는 아이템은 '두꺼운 장갑'이다.

현실에도 이와 비슷한 장갑은 얼마든지 있다. 현실에서 장갑을 갖고 와도 도움이 될 수 있다는 소리다.

하지만.

"이빨 자라의 공격을 막기에는 이것만 한 게 없거든."

그 장갑은 이빨 자라의 공격을 막지는 못할 거다. 막을 수 있다 하더라도 안전하지 못하다.

아이템과 현실의 도구에는 큰 차이가 있다. 이빨 자라의 공격은 하나의 '대미지'로 인식된다.

현실의 장갑 역시 이 대미지를 막아주기는 한다. 그러나 100퍼센트 안전하지는 않다. 그러나 이 아이템은 100퍼센트 안전하다. 두꺼운 장갑의 방어력이 이빨 자라의 공격력보다 높기 때문이다.

적어도 아이템의 내구도가 다해서 부서지기 전까지는 100퍼센트의 안전을 장담할 수 있다.

뿐만 아니라.

'현실의 도구는…… 아이템 드랍을 막고 경험치까지 무효화시켜.'

아직까진 알려지지 않은 사실이다. 어쨌든 엘렌이 의문을 제기했다.

"시작의 방 수준에서는 내구도 시스템도 활성화되어 있지 않습니다. 그런데 신희현 플레이어는 이 모든 것을 어떻게 전부 알고 계신 겁니까? 저는 파트너로서 아무런 도움도 주지 못하고 있습니다."

"그냥 오빠 믿고 따라와. 너도 느끼고 있겠지만 지금은 네가 가만히 있는 게 도움을 주는 거야. 나중에 설명해 줄 테니까."

휴식을 취한 신희현은 자리에서 일어섰다.

"자라의 껍질도 꽤 많이 얻었으니까 이제 뱀 잡으러 가야지?"

퀘스트와는 직접적인 연관이 없는 이빨 자라를 잡은 이유. 바로 큰 뱀을 잡기 위해서다.

신희현이 걸음을 옮겼다. 그런데 신희현이 움찔했다.

"엘렌, 영체화해."

엘렌을 영체화시켰다. 신희현 외 다른 사람의 눈에는 이제 보이지 않는다.

엘렌이 신희현을 쳐다봤다.

'갑자기 왜……?'

여태까지는 앞에 아무런 장애물도 없다는 듯 제멋대로 움직이던 신희현이 처음으로 멈췄다. 표정을 보니 뭔가 잘못된 것 같기도 했다.

얼마 지나지 않아 그녀는 이유를 알 수 있었다.

신희현은 갈대숲에 몸을 숨겼다.

'저놈들은…….'

최용민과 김상목이다.

'나와 시작의 방을 공유하고 있는 거군.'

2명 이상이 함께 시작 필드에 들어서게 되면 시작의 방을
다른 누군가와 공유해야만 한다.

'헬퍼가 일부러 여기로 보낸 건가.'

그건 확인할 수 없었다. 일부러 보냈는지 아니면 우연히
같은 필드를 공유하게 되었는지.

신희현은 인상을 찡그렸다. 모르긴 몰라도 저 둘은 아마
자신보다 레벨이 높을 거다. 거기다가 두 명이다. 적이라고
단정할 수는 없어도 둘이 대화하는 모양새를 보아하니 아무
래도 좋은 의도로 여기로 온 것 같지는 않았다.

"놈이 정말로 퀘스트 아이템들을 전부 수집하고 있을까?"

"글쎄. 만나 봐야 알겠지."

"그런데 레벨 7밖에 안 됐으면 솔직히 큰 뱀을 잡으러 오
지는 않을 것 같은데."

"일단 여기서 대기해 보고 안 된다면 약한 몬스터 존으로
가 보면 될 거야. 언젠가는 만나겠지."

대화를 들어보니 아무래도 최단 시간 클리어를 위해 퀘스트 아이템을 빼앗으려고 하는 것 같았다. 빼앗든 아니면 일종의 거래를 하든.

'아니, 최용민이라면 거래를 하려고 하겠지.'

아마 현실의 돈 등으로 타협을 보려고 할 거다. 최용민이라면 분명 그렇게 할 거다.

'돈은 중요한 게 아니야.'

어차피 돈이야 많이 벌 수 있다. 그런데 또 이 퀘스트를 지금 당장 클리어해야 하느냐고 묻는다면 그런 것도 아니다. 도전 횟수에 제한이 있는 게 아니다. 여러 번 클리어도 가능하다.

'가능하면 지금 클리어를 하려고 했는데……'

시작의 방 퀘스트가 곧 시작 퀘스트다.

이 방 퀘스트에 있어서 높은 등급 판정을 받는 데에 결정적인 역할을 하는 요소가 세 개가 있다.

'최단' 시간, '최저' 레벨, 그리고 그 두 가지 요소를 종합한 '최초' 클리어.

그래서 일부러 약간의 도박을 감행하며 빠르게 진행을 한 거다. 최저 레벨을 가지고, 최단 시간을 사용한 최초의 클리어를 이룩하기 위해서.

하지만 잠시 돌아가야 할 것 같았다.

'어차피 이 공략을 사용할 수 있는 사람은 아직 없어.'

최소 1년은 있어야 한다. 그 전까지는 시간이 있다는 소리다.

'게다가 내 레벨은 아직 8밖에 안 돼.'

그렇다면 레벨 초기화를 시켜도 상관없다. 시작 퀘스트를 클리어하지 않았다는 전제하에 레벨 초기화가 가능하다.

레벨을 완전히 초기화시키고 퀘스트를 처음부터 다시 시작하면 된다. 레벨이 높으면 모를까 아직 겨우 8밖에 안 됐으니까. 그렇게 마음먹었다.

'저들은 자라의 껍질이 필요하지 않지.'

자라의 껍질은 '두꺼운 장갑'이 있어야 안전하게 얻을 수 있다.

그런데 소퀘스트 아이템은 아니다.

저들은 이 자라 껍질의 용도조차 모르고 있을 거다.

자라의 껍질 말고 독주머니는 또 쉽게 얻을 수 있다.

물론, 엘렌이 조금 수치스러워하긴 하겠지만.

상황 정리가 끝났다. 이 상황을 최대한 이용하는 것도 나쁘지 않다.

신희현은 일부러 헉헉대며 뛰었다. 약한 척했다.

"프, 플레이어들이신가요?"

엘렌의 입장에서 황당한 소리를 했다.

"저, 저 좀 도와주세요!"

엘렌은 신희현을 물끄러미 쳐다봤다.

'뭐 하는 거지……?'

……이 플레이어, 여전히 종잡을 수가 없다.

여러 가지 방법으로 사람을, 아니, 천족을 참 당황하게 만드는 것 같았다.

하여튼 신희현이 거친 숨을 몰아쉬었다.

"저를 도와주시면 절대로 은혜를 잊지 않을게요."

일단 겉으로 보면 엄청 절실해 보이기는 했다.

도대체 뭘, 뭘 도와 달라는 건지 엘렌은 이해할 수 없었다. 그때까지 엘렌은 왜 신희현이 이러고 있는 건지 도무지 알 수 없었다.

신희현은 잔뜩 겁을 먹은 척했다. 그것은 최용민과 김상목의 긴장을 풀게 만들었다.

"운이 좋아서 어떻게든 살아는 있는데…… 도무지 어떻게 해야 할지 모르겠습니다. 이건 뭐죠? 도대체 어떻게 해야 하죠? 여기선 어떻게 나가나요?"

김상목의 눈이 탐욕으로 물들었다. 적어도 엘렌이 보기에는 그랬다.

엘렌이 보기에 뭔가 위험하다고 느꼈을 무렵, 김상목이 기이한 열망이 가득한 눈으로 조건을 제시했다.

"소고기를 사줄 거라고 약속하면 이 방을 나갈 수 있는 명령어를 알려줍니다!"

최용민은 뒷목을 잡을 뻔했다. 가끔 보면 친구지만 이해안 될 때가 많다. 저 현실성 떨어지는, 아니, 아예 없는 저 말이 진심이라는 게 더 무섭다.

최용민이 말했다.

"독주머니를 습득했을 겁니다. 그걸 주면 이 방을 나가는 방법을 알려드리겠습니다."

"지, 진짜요?"

신희현은 완전히 초보 행세를 했다. 신희현은 '그럼요. 우린 엄청 고수니까요!' 하고 우쭐대는 김상목을 무시하고서 인벤토리를 열어 최용민에게 독주머니 5개를 건네줬다. 계속 간절한 척했다.

"제발 좀 저 좀 살려주세요."

엘렌은 황당했다. 표정에 그것을 드러내지는 않았지만 정말 황당할 수밖에 없었다.

이 플레이어, 도대체 못하는 게 뭐란 말인가.

연기를 이렇게까지 잘하는 줄 몰랐다.

김상목이 안달 난 표정으로 재차 강조했다.

"그리고 소고기!"

소고기를 향한 그의 기이한 열망은 불알친구에 의해 가로막혔다.

결국 신희현은 독주머니 5개를 건네고 시작의 방을 탈출하는 방법을 배웠다. 시작의 마을로 돌아간 뒤, '복귀'라는 명령어를 사용하면 되는 거다.

시작의 마을로 돌아왔다. 엘렌이 진지하게 물었다.

"신희현 플레이어의 행동이 납득되지 않습니다."

"너 납득되라고 한 행동 아니야."

"저는 플레이어에게 많은 의문이 있습니다."

"첫째, 네가 아는 모든 것을 내가 다 알아."

"그걸 어떻게 알고 있는 겁니까?"

이미 다 경험해 봤으니까.

그렇게 말하려다가 잠시 숨을 돌렸다.

'이걸 말해야 하나?'

파트너 역시 HAN을 얻기 위한 목적을 가지고 플레이어와 함께한다. 같은 목적을 가지고 있되 완벽한 신뢰 관계의 파트너는 아니라는 소리다.

실제로 어떤 방식으로 파트너가 결정되는 건지, 또 이들이 왜 HAN을 원하는지, 그것에 관한 것도 밝혀진 게 없다.

'HAN을 얻었고 시스템이 초기화되어서 돌아왔다고 말하면 간단하게 설명이 돼.'

믿든 믿지 않든 그건 엘렌의 몫이겠지만.

'그런데…….'

하지만 굳이 말을 할 필요는 없었다.

파트너들은 파트너들끼리의 연락망을 가지고 있다. 그래서 서로의 얘기를 일정 부분 공유한다. 엘렌의 입이 가볍지 않다는 것은 알지만, 엘렌을 통해 다른 파트너에게 그 얘기가 들어간다면?

그 파트너가 다른 플레이어에게 얘기할 수도 있다. 그의 계획대로라면 지금은 몸을 드러낼 때가 아니다. 더 정확하게 말하면 최용민과 김상목의 눈에 띄면 곤란해진다.

'오히려 약해빠진 초보로 보이는 게 나아.'

적어도 신경은 쓰지 않을 테니까.

'초기에는 비밀리에 만들기는 하겠지만…….'

그 둘을 중심으로 하여 한국의 플레이어 연합 '고구려'가 생기게 된다. 최초의 한국 연합이며 한국의 플레이어 대부분이 이에 속하게 된다. 그리고 한국의 플레이어는 대부분 고구려의 관리를 받게 된다.

솔직히 말해 고구려의 산하로 들어가면 좋은 점들도 있었다. 이후 벌어지게 될 많은 문제에 있어서 도움을 얻을 수도 있다.

'하지만⋯⋯.'

계획에는 차질이 생긴다. 집단에 속하게 되면 권리를 찾기도 쉬워지지만 의무도 생긴다.

'그리고 나는 아직 약하다.'

지금 많은 것을 알고 있고, 또 많은 것을 개척해 나갈 수 있다. 시스템 내에서는 금방 최고수의 자리로 올라설 거다. 그러나 현실에서는 아니다.

플레이어의 힘을 완전히 끌어내서 쓸 수 있는 건 2년 후부터다. 그 전까지는 몸을 사리고 있는 게 좋다.

힘이 약한 자가 보물을 가지고 있으면 빼앗긴다.

보물을 가지려면 그에 걸맞은 힘을 가지고 있어야 한다.

신희현은 그걸 뼈저리게 배워온 베테랑 플레이어다.

지금은 드러내서 좋을 게 없다. 절대적인 힘을 가진 게 아니라면 드러내는 것보다 숨기는 것이 이득이라는 걸 몸소 배워왔다.

그리고 중요한 이유가 하나 더 남았다.

'생각해 보면 강유석은⋯⋯ 후반기에 혜성처럼 등장한 플레이어였었지.'

어느 샌가 갑자기 나타나 명성을 드날린 플레이어였었다.

그 이전까지의 행적에 대해서는 알려진 바가 없었다.

어째서? 왜? 를 생각해 보면 답이 안 나오지만, 지금은 강유석의 행보를 따라가는 것이 옳다는 판단이 들었다.

'일단은 몸을 사리자.'

엘렌의 시선이 느껴졌다.

"둘째, 그만 봐. 나도 알아, 나 잘생긴 거."

"신희현 플레이어는 잘생기지 않았습니다."

산전수전을 다 겪은 베테랑 신희현은 그에 전혀 낙담하지 않고 어깨를 으쓱하고서 말했다.

"셋째, 나는 네가 상상할 수도 없는 경험을 했고 네가 아는 모든 것을 내가 알고 있다는 거야. 그러니까 내가 이 많은 정보를 어디서 어떻게 얻었느냐에 관한 것은 묻지 않았으면 좋겠어. 우리는 공통의 목적이 있고, 그 목적을 이루면 그만이니까. 확실한 건, 네게 있어서 나는 최고의 파트너라는 거지. HAN에 가깝게 만들어줄."

엘렌은 뭔가를 생각하는 듯하다가 이내 고개를 끄덕였다.

"……알겠습니다."

신희현은 자신이 약한 모습을 보였던 이유도 설명해 줬다. 정확하게는 아니지만.

"그들 눈에 띄어서 좋을 게 없거든 지금은. 그냥 오다가다 만난 찌질이라고 생각하게 만드는 게 마음 편해. 아마도 날 잊어버리겠지."

라고 설명해 줬다.

'복귀.'

시작의 방을 나왔다. 시간이 조금 흘렀다.

신희현이 말했다.

"시작의 방, 쿨타임 끝났지?"

영체화 상태를 유지하고 있던 엘렌은 또다시 신희현을 쳐다봤다.

볼 때마다 놀랍다. 몸속에 시계라도 있는 것 같다.

시작의 방을 연속해서 두 번 들어갈 수는 없다. 모든 방이 마찬가지다. 각 방마다 쿨타임이라는 게 존재한다.

그런데 신희현은 그 쿨타임을 마치 시계로 재고 있던 것처럼 정확하게 맞혔다.

신희현으로부터 설명을 들었고 이제는 그러려니 하는 게 마음 편하겠다는 생각까지 했다.

"끝났습니다."

"오케이."

"바로 들어갈 거야."

엘렌의 입장에서 충격적인 일은 그다음에 일어났다. 신희현이 이를 바드득 갈았다.

"이 개새끼, 안 튀어나오냐?"

6장
시작 퀘스트 클리어

"이 개새끼, 안 튀어나오냐?"

엘렌은 아무 말도 않고 잠자코 신희현을 지켜보기만 했다. 아니, 뭐라고 할 말도 없었다.

헬퍼를 저런 식으로 대하는 초짜 플레이어가–신희현의 레벨은 아직 8밖에 안 된다– 있다는 것마저도 이젠 놀랍지도 않다.

–그게 무슨 말씀이신지…….

"본래 모습 보여."

–저는 잘못한 거 없는데요.

뻔뻔하게 대꾸했다.

–저는 어디까지나 듀얼 플레이의 룰에 의거하여…….

"3초 준다."

─불법한 일은 진혀 행한 적이 없고…….

신희현이 숫자를 센다.

3, 2, 1 하고 숫자를 세는 그 순간, 신희현 앞에 뚱뚱한 꼬맹이 하나가 보였다. 물론 겉으로 보기에 꼬맹이라는 소리다. 정확한 나이는 밝혀지지 않았다.

'완벽하게 조져 놓지 않으면 또 그딴 짓을 할지도 몰라.'

한번 밟을 때, 확실히 밟아놔야 한다. 안 그러면 또 이상한 심술을 부릴지도 모른다. 마침 지금은 레벨이 8이다.

"야, 너 레벨 5지? 개쪼렙아."

헬퍼는 땀을 뻘뻘 흘렸다.

"그렇습니다. 제 레벨은 5입니다."

그리고 괜히 찔리는지 말했다.

"저는 잘못한 게 없습니다. 실제로 아무런 일도 벌어지지 않았습니다. 저는 불법을 저지르지도 않았습니다. 신희현 플레이어의 신상을 알린 적도 없으며 위치를 공유하지도 않았습니다. 저는 아무런 잘못이 없습니다. 신희현 플레이어는 저를 막 대할 권리가 없습니다. 이러면 안 됩니다."

말하다 보니 헬퍼는 억울해졌다. 서러워져서 불만을 토해 냈다.

"감히 인간 플레이어 따위가 저를 이렇게 대할 수는 없는 법입니다!"

"이 쪼렙 새끼가……."

'레벨 5짜리가 지금 감히 8짜리한테 깝쳐?'라고 말했다. 그리고 시간이 흘렀다.

엘렌은 인상을 찡그렸다.

'저건 너무 심한 것 같은데…….'

말리지는 않았다. 신희현의 행동에 뭔가 이유가 있을 거라고 생각했기 때문이다.

"으허, 으허허어억! 혀, 형님. 사, 살려주세요!"

신희현은 레벨 8이고 헬퍼는 레벨 5다. 아무리 레벨 절대룰에서 자유로운 시작의 방이라고 할지라도 레벨 5가 8을 이기기란 쉽지 않다.

더군다나 지금 기에서 완전 눌렸다. '플레이어 따위'가 '형님'이 됐다.

"너 같은 동생 있었으면 벌써 존나 팼어."

"혀, 형님!"

"형님이라고 하지 말라니까?"

"시, 신희현 플레이어님. 존귀하신 플레이어님! 으허, 으허어억!"

'플레이어 따위'가 '형님'이 됐고, 그 '형님'은 이내 '존귀하신 플레이어님'이 됐다.

헬퍼는 일단 살고 싶었다. 자기가 무슨 말을 하는지도 모르고 신희현이 좋아할 거라고 생각되는 아부를 아무렇게나 내뱉었다.

"하, 하느님!"

심지어 이젠 하느님이 됐다. 그 쓸데없는 말에 신희현은 대답도 안 했다.

이어지는 구타의 향연.

퍽! 퍽! 퍽! 퍽!

신희현은 과거의 경험을 토대로 헬퍼를 아작을 내났다.

신희현은 전투 클래스가 아니었지만, 서당 개 3년이면 풍월을 읊는다고 했다.

눈두덩이가 시퍼렇게 부어오른 헬퍼가 무릎을 꿇고 두 손을 싹싹 빌었다.

확실한 게 좋다. 구타가 이어졌다. 돼지 멱따는 듯한 애처로운 비명 소리가 터져 나왔다. 그렇게 한참의 시간이 흘렀다.

"나보다 레벨 더 높은 새끼를 둘이나 들여보내면 어쩌라고? 듀얼 플레이 룰이 어쩌고저쩌고 다시 한 번 지껄이기만 해봐라."

헬퍼는 뜨끔했다.

저 플레이어, 진짜 미쳤다. 뭐 저렇게 다 아는 건지.

핑계거리도 사라져 버렸다. 꿀 먹은 벙어리가 됐다.

어쨌든 신희현은 약속을 얻어낼 수 있었다. 앞으로 시작의 방 퀘스트를 진행하는 도중에는 절대로 타인을 들이지 않겠다는 약속이다.

신희현이 말했다.

"레벨 초기화도 진행시켜. 당연한 말이지만 페널티도 없어야겠지. 네 잘못이니까. 어? 싫어?"

"아, 아닙니다! 지금 당장 진행하겠습니다!"

신희현이 레벨 1로 돌려 달란다.

그럴 거면 처음부터 그냥 초기화시켜 달라고 하지! 그러면 맞아도 덜 아팠을 텐데!

헬퍼는 그 뚱뚱한 팔을 들어 눈물을 슥 훔쳤다.

"레벨 초기화를 진행하겠습니다."

레벨이 초기화됐다. 시작 퀘스트를 다시 시작하기로 했다.

이후의 상황을 요약하자면 다음과 같다.

"손녀는 제가 구합니다. 물 좀 주세요. 엘렌, 물 마셔."

"당신에겐 분명히 독주머니가 필요할걸?"

"캘리, 예쁘다. 내가 뭐 좀 도울 게 없을까?"

"닥치고 부탁해라."

이로써 또다시 모든 퀘스트가 최단 시간에 발동됐고.

"자, 엘렌. 네 차례야."

라는 말과 함께 엘렌은 수치스러움을 경험해야만 했으며, 덕분에 독주머니를 구할 수 있었다. 이번에도 드랍율이 꽤 좋았다. 5개가 드랍됐다. 최용민과 김상목에게 넘긴 독주머니를 빼면 총 10개가 남은 셈이다.

큰 뱀을 잡기 위해 이동하기 직전. 목적지는 늪이다.

"엘렌, 잔소리하고 싶은 거 억지로 막 참고 있지?"

"정확합니다."

"하지만 내가 너무 대단하다 보니까 잔소리 못 하고 있지? 큰 뱀이 세긴 센데 말이야."

"……."

그 말이 맞다. 대단하다면 정말 대단하다. 하지만 저토록 우쭐대고 있는 걸 보아하니 그렇다고 말하기가 싫다는 마음이 슬며시 들었다.

그리고 문득, 이상함을 느꼈다. 신희현이 갑자기 말을 많이 하고 있다.

여태까지는 호흡 흐트러진다고 말도 제대로 하지 않았는데. 뭔가 조금 이상하기는 했다.

엘렌이 그렇게 생각하는 걸 아는지 모르는지 신희현이 계속 중얼거렸다.

"알아, 나도 내가 대단한 거."

신희현은 키득키득 웃고선 엘렌의 날개를 툭 쳤다.

"긴장 풀어. 안 죽어, 안 죽어. 큰 뱀한테는 안 감기면 그 만이야. 그놈들 무식해서 이거 자라 껍질 보면 미쳐서 달려 든다니까? 지 먹이인 줄 알고. 그러면 어떻게 되는지 알아? 자라 껍질에 녹아 있는 신경 독 때문에 움직임이 마비돼요. 그런데 또 큰 뱀은 그걸 즐기거든. 눈동자도 풀리고 황홀해 진다고 해야 하나? 하여튼 그래. 그때 치면 끝. 어때? 쉽지? 하여튼 시작의 방에 있는 몬스터들은 뭔가 좀 변태 성욕자들 같아. 소변을 좋아하질 않나 신경 독에 눈이 풀리질 않나."

"……예."

말이 쉽지. 크기가 3미터가 넘는 뱀에게 가까이 접근하는 것부터가 일반적인 담력과는 거리가 멀었다.

일단 붙잡히면 죽는다. 그건 기정사실이다.

그런데 저 플레이어는 이걸 쉽게 생각하고 행동에 옮기는 것 같았다. 마치 이렇게 목숨 걸고 수많은 도전하는 것에 익 숙하기라도 한 것처럼 말이다.

헬퍼가 들으면 엄청나게 억울해할 말을 아무렇지도 않게 했다.

"근데 생각해 보니까 헬퍼가 오히려 도와준 거야. 이빨 자라의 껍질을 미리 구할 수 있었으니까. 음, 결과적으로는 나한테 도움이 됐어."

쉴 새 없이 떠들었다.

"잘 봐. 이렇게 하는 거야."

신희현은 낡은 올가미를 꺼내 들었다. 그리고 자라의 등껍질을 살짝 묶어서 큰 뱀 근처에 던졌다.

"여기서 가로 모양, 그러니까 넓은 모양대로 먹게 만드는 게 중요해. 기가 막힌 손놀림이 필요한 거지."

그때 3미터가 넘는 '큰 뱀'이 입을 쩍 벌리고 빠른 속도로 기어와 이빨 자라의 껍질을 덥석 삼켰다.

덥석 삼킬 때, 올가미를 살짝 움직여서 껍질의 긴 부분이 뱀의 몸을 관통하도록 조절했다.

음식물이 꿀떡 꿀떡 넘어가듯, 자라의 껍질이 뱀의 몸속에서 조금씩 조금씩 뒤로 이동했다. 그리고 엘렌은 발견했다.

"아……."

큰 뱀의 가늘었던 눈동자가 약간 풀렸다. 인간으로 치자면 마약에 중독된 모양새와 비슷했다.

신희현이 재빠르게 팔을 움직였다.

"웃차."

이것도 숙련되지 않으면 어렵다. 자라의 껍질은 제법 딱딱하다. 큰 뱀의 장기들을 상하게 하는 것에는 무리가 없을 정도다.

엘렌은 뱀을 쳐다봤다.

'큰 뱀이 반응을 하지 않고 있어.'

이상하게도 또 신희현이 계속 중얼거렸다.

"이빨 자라의 껍질에 있는 마비독이 큰 뱀에게 작용한 거야. 환락 상태에 빠져든 거 같지? 또 이 이빨 자라의 단단한 껍질이 하나의 무기가 되어 큰 뱀의 내부를 손상시키고 있는 거야. 너 지금 이렇게 물어보려고 그러지? 신희현 플레이어는 마치 이러한 일을 여러 번 겪어본 플레이어 같군요. 몸동작이 매우 익숙한 것처럼 보입니다. 뭐 이런 식으로."

엘렌은 움찔했다. 정확했다. 저 플레이어, 이제 마음까지 읽나 싶다.

신희현이 계속해서 말을 이었다.

"그냥 내가 천재라서 그래."

큰 뱀은 지금 고통을 못 느끼고 있다. 내부가 만신창이가 되어가고 있는데 말이다.

신희현이 큰 뱀에게 가까이 걸어갔다. 엘렌이 만류했다.

"신희현 플레이어, 더 이상의 접근은……."

"이 이상 시간 주면 놈이 정신을 차려. 아무리 만신창이가 되었어도 나 하나 죽이는 건 일도 아니거든."

여유롭게 사냥하는 것 같지만 그렇게까지 여유롭지만은

않다. 시작의 방이 레벨 절대 룰에서 약간 벗어나 있는 특이한 공간이기는 해도 저레벨이 고레벨을 사냥하는 것에는 큰 리스크가 따른다. 공략법을 미리 알고 있지 않다면 거의 불가능에 가깝다.

신희현이 천천히 걸어가면서 말했다.

"사실 처음 마비되었을 때 가서 공격했으면 어떨까. 그런 생각하고 있지?"

"……."

엘렌은 고개를 끄덕였다. 뭔가 상황이 뒤바뀐 것 같다는 생각이 들었다. 원래는 파트너가 설명하고 플레이어가 그걸 들어야 하는 게 정상인데.

"그땐 내 공격이 안 먹혀. 난 쪼렙이라 쟤 방어력을 못 뚫어. 총이라도 있으면 모를까. 문제는 총으로 사냥해 봐야 내가 원하는 걸 얻을 수 없는 거지."

"……네."

"저 지경이 되어야 내가 공격해도 공격이 먹힌다, 이 소리야. 방어력이 쓰레기가 되니까. 그리고 내가 왜 이렇게 주절주절 떠들면서 천천히 걸어가고 있는 건지도 이해가 안 되지? 이 시간에 차라리 빨리 가서 공격하면 되잖아."

"……."

신희현은 피식 웃었다. 다시 한 번 엘렌의 날개를 툭툭

쳤다.

"저놈은 빠른 움직임에 민감하거든. 차라리 자극하지 않고 천천히 다가가는 게 나아. 그렇게 해야 정신을 못 차려. 그리고 내가 계속 이렇게 주절주절 떠들고 있는 게 이상하지? 왜냐하면 저놈은 위험하면 지 친구들한테 뭔가 신호를 보내거든. 그러면 답 없어. 근데 그 신호가 그다지 세지는 않거든? 내가 막 이렇게 중얼중얼거리면 그 신호가 안 가. 혹시 모르니까 사냥을 시작할 때부터 계속 쉴 새 없이 떠들어야 돼. 근데 또 너무 시끄럽게 하면 놈들을 불러. 적당히 볼륨을 조절해야 된다는 소리야."

큰 뱀의 바로 앞까지 왔다. 낡은 올가미의 구속을 풀었다.

"구속 해제."

아주 조심조심 움직여 올가미를 큰 뱀의 몸속에서 빼냈다. 그리고 또 천천히 움직였다.

한 손으로 큰 뱀의 아가리를 들어 올렸다. 큰 뱀은 여전히 정신을 못 차리고 있는 상태.

엘렌은 생각했다.

'베테랑이다.'

저 자세. 아무리 천재라고 해도 결코 처음해 보는 사람의 자세가 아니었다. 누가 봐도 숙련자였다. 숙련자인 데다가 겁도 없다. 어떻게 저런 인간이 존재할 수 있나 싶다.

신희현은 똥줄 탔다.

'오랜만에 하려니까 좀 어렵네. 이러다 애 깨면 뒤지는 거 순식간인데.'

긴장도 된다. 예전과는 상황이 다르다. 예전에는 이놈보다 레벨이 훨씬 높은 상태에서 진행했었다. 지금처럼 저레벨인 상태에서 놈을 직접 사냥하는 것은 처음이다.

만약에라도 이 상황에서 큰 뱀이 정신을 차리고 자신의 몸을 옥죈다면 그걸로 끝이다. 이 세상과는 바이 바이다. 한 팔로 놈의 턱을 받친 다음 올가미를 놈의 목 언저리−뱀이라서 목이라고 하기엔 무리수가 있지만−에 묶었다.

그리고 천천히, 천천히 놈의 목을 조르기 시작했다.

"구속."

아무리 큰 뱀의 상태가 정상이 아니라고는 해도 혼자서의 힘으로는 어렵다. 그의 말을 빌리자면 너무 쪼렙이다. 아이템의 힘도 같이 사용했다.

"이거, 아슬아슬하겠는데."

역시 저렙의 몸은 저렙의 몸이었다. 조금씩, 조금씩 놈이 정신을 차리는 게 느껴졌다.

신희현은 계속해서 중얼거렸다.

"동해물과 백두산이 마르고 닳도록."

결국 큰 뱀이 정신을 차리기 전에 그는 큰 뱀을 사냥할 수 있었다.

신희현은 이마의 땀을 닦아냈다.

"엘렌, 지금까지 소요 시간은?"

"……54분 32초입니다."

"좋아, 여유롭네."

기본 공식대로 잘 가고 있다.

"두 머리 황소의 뿔이랑 손녀만 구해내면……."

그러면 최단 시간 클리어에 최저 레벨 클리어 보상까지 얹어지게 될 거다.

그렇게 되면.

'시작 퀘스트가 클리어되겠지.'

어쩌면 향후 행보에 있어서 가장 중요하다고 할 수 있는 보상을 얻을 수 있을 거다. 아니, 이토록 저레벨에 최단 시간 클리어를 한 플레이어는 여태껏 없었다. 어쩌면 그 보상은 생각한 것보다도 훨씬 클지도 모를 일이었다.

신희현이 걸음을 옮겼다.

'이 페이스대로면 3시간 내에 클리어가 가능하겠어.'

신희현은 두 머리 황소가 서식하는 들판에 도착했다.

엘렌이 물었다.

"두 머리 황소는 어떻게 잡으실 생각입니까?"

번역해서 말하자면 아까 큰 뱀도 제때 공격하지 못하지 않았느냐, 너 같은 쪼렙이 어떻게 두 머리 황소를 치겠느냐. 이 말이다. 공격해도 안 먹힐 테니까.

큰 뱀의 경우는 꼼수를 부려서 사냥이 가능했다 치지만 두 머리 황소는 그런 꼼수도 준비하지 않은 것 같다.

신희현이 말했다.

"그냥 단순히 내 힘으로는 절대 못 잡지."

현재 이동 시간을 포함하여 80분 정도가 소요됐다. 순조롭다. 미리 준비했던 것을 꺼내 들었다.

엘렌이 고개를 갸웃했다.

"이건……?"

헬퍼가 준 물건이 아니었다.

김상목이 말했다.

"같이 하니까 개빨라. 빨리 끝내고 소고기 먹자. 소고기를 먹지 못하면 죽을 것 같아."

최용민이 고개를 끄덕였다. 벌써 큰 뱀을 잡았다.

'같이 클리어하는 것이 좋긴 하겠어.'

모르긴 몰라도 이후, 다양한 클래스가 나온다거나 하면 정말로 게임처럼 임무를 분업화해서 보다 효율적인 사냥이 가능해질 수도 있을 거라고 생각했다. 혹은 마법사 같은 것이 등장할지도 모를 일이다.

김상목이 시계를 살펴봤다.

"와, 우리 여기까지 오는 데 겨우 7시간밖에 안 걸렸어. 아
~ 까 그 초보 놈이 우리 동경하는 거 봤어? 우리를 막 우러
러봤잖아."

김상목은 뿌듯해했다. 이거 뭔가, 기분이 좀 좋다. 세간에
서 부러움과 동경-그는 금수저였으니까-의 시선을 받을 때
와는 사뭇 다른 시선이었다.

뭐랄까. 이건 게임에서 지존이 되었을 때에 느끼는 남자,
아니, 게임 폐인 남자만의 로망 같은 거랄까.

김상목이 키득키득 웃었다.

"근데 내 말이 맞지? 우리 레벨 높아질 때마다 몹들도 세
지네. 애네도 레벨 업 하나?"

시작 퀘스트는 할 때마다 약간씩 난이도가 다르긴 했다.

정확하게 말하자면 조금씩 올라갔다. 자신들의 레벨이 높
아지면 높아질수록 그와 비례하여 몬스터들의 레벨도 올라
가는 것 같았다.

그래서 체감하는 난이도는 레벨이 높아진다고 해서 확확
떨어지지는 않았다. 하지만 이번에는 달랐다. 둘이서 함께하
니 훨씬 쉬웠다.

"어쨌든 뭔가 초고수가 된 기분이야."

최용민이 한 번 고개를 끄덕였다. 최용민도 그렇게 생각한다. 헬퍼가 자세하게 알려 주지는 않았지만 자신과 김상목의 레벨은 아마도 초고수 쪽에 들어갈 거다.

그러고 보니 저번에 봤던 그 초보 플레이어는 다시 플레이를 하지 않을 수도 있겠다는 생각이 들었다.

그런 사람이 대부분이겠지.

호기심 때문에 해봤지만 이내 포기할 거다. 누가 목숨을 담보로 이런 위험천만한 게임을 하겠는가.(사실 게임과 비슷한 시스템을 따르고는 있지만, 게임인지 확신하지는 못하고 있다.)

김상목이 입맛을 쩝쩝 다셨다.

"레벨 높아져서 헬퍼도 패주고 싶은데…….."

"그럴 수 있을 리가."

그들에게 있어서 헬퍼는 뭘까, 약간 이 세계를 다스리는 신 비슷한 그런 것처럼 느껴진다.

그럴 만도 했다. 그들은 완전히 초짜 플레이어였으니까.

어떻게 생겼는지, 어디에 있는지도 모른다.

하지만 무섭게 협박하면 튀어나온다는 사실을 그들은 알 수 없었다.

최용민이 말했다.

"우리가 레벨이 높은 건 맞아. 방심은 하지 않는 게 좋아. 모르긴 몰라도…… 언젠가 이 판이 커지게 된다면…… 그때 초기에 세력을 확장하고 자리를 잡는 게 중요해. 뭐가 됐든 선발 주자는 엄청난 메리트를 갖게 되니까."

"오케이, 최단 시간 클리어의 기준이 어느 정도 될까? 그 구간마다 보상이 다르다고 한 것 같은데."

최용민은 정면을 주시하며 걸었다.

"2일 정도면 충분하겠지."

"대박이네. 처음에 몇 번 실패한 거 제외하고, 아무리 빨라도 5일은 걸렸었던 것 같은데."

"……."

"흐흐흐. 빨리 끝내고 소고기 먹자, 소고기. 우린 개고수야. 2일 만에 클리어를 할 수 있다니."

자신이 최고수가 된 것만 같은 기분 좋은 느낌에 김상목은 콧노래를 불렀다.

"소고기, 소고기, 나는 최고수라네. 이틀이면, 이틀이면 충분하다네~"

최용민은 인상을 찡그렸다. 현실성 없는 성격의 친구라는 건 진작부터 알고 있었지만, 그리고 많이 익숙해지기는 했지만 저놈의 소고기 타령은 죽을 때까지 할 것 같았다.

불알친구에게 말했다.

"제발 좀 닥치고 가자."

현재까지 퀘스트 소요 시간 약 80분.

두 머리 황소는 시작의 방에 존재하는 몬스터치고는 굉장히 난폭한 편에 속하는 몬스터다.

'덕분에 이걸 사용하면 쉽지.'

빨간색 천을 꺼내 들었다. 엘렌이 말했다.

"이건…… 아이템이 아닙니다만."

예전에 신희현은 헬퍼에게 '간소화 주머니'를 요구했던 적이 있다.

간소화 주머니는 아이템은 물론이고 현실의 물건까지도 담을 수 있다. 부피와 무게에 제한이 없는 건 아니지만 일반적인 주머니보다는 훨씬 더 많은 양, 그리고 훨씬 더 큰 것이 들어간다.

그러나 이것만 가지고는 그렇게 큰 메리트가 있다고 하기 어렵다. 재미있는 건 이 간소화 주머니는 인벤토리 안에 보관이 가능하다는 것.

인벤토리 안에 보관할 수 있는 것은 '아이템'뿐이다.

그러나 간소화 주머니 안에 보관하여 인벤토리를 사용하게 되면 현실의 물건까지도 인벤토리에 담을 수 있게 된다. 현실의 물건을 인벤토리에 담는 것은 상당한 메리트가 있다.

"알아, 나도. 이건 그냥 평범한 큰 천이거든."

아이템을 사용하여 몬스터를 사냥하면 아이템이 드랍되지 않는다. 뿐만 아니라 레벨 업도 어렵다.

하지만 아이템을 어디까지나 사냥의 보조 수단으로 사용하면 얘기가 달라진다.

"이 정도 활용하는 것은 레벨 업에 별무리 없거든, 시스템적으로."

"……."

신희현은 숨을 골랐다. 그리고 달리기 시작했다.

"훠이! 훠이!"

주변에는 두 머리 황소 두 마리가 보였다. 두 마리가 동시에 신희현에게 관심을 가졌다.

신희현이 붉은색 천을 마구 흔들어 대기 시작했다.

"여기다! 여기야!"

엘렌은 그걸 보며 깨달을 수 있었다. 지금 신희현은 무작정 아무런 생각도 없이 움직이는 것처럼 보이기는 하지만 실상은 그렇지 않았다.

'두 마리의 위치와 지형…… 정확한 시간과 루트를 계산하여…… 철저한 계산 속에서 움직이고 있다.'

흥분한 두 머리 황소 두 마리가 콧김을 내뿜으며 달려들기 시작했다. 금방이라도 신희현과 부딪칠 것 같았다.

신희현은 침을 꿀꺽 삼켰다.

'와, 이거 쪼렙이라서 겁나 살 떨리네.'

엘렌의 생각이 맞았다. 지금 그는 철저한 계산 값을 가지고 움직이고 있는 중이다. 수많은 경험을 토대로 나온 공략이다.

두 마리 중 한 마리가 약간 더 빠르다. 그리고 그 빠른 황소 쪽 지형의 내리막 경사가 더 심하다. 그래서 거리 계산을 잘해야 했다.

많은 경험이 없었다면 이토록 정확한 계산은 어려웠으리라.

이건 수학적인 영역이 아니라 경험적인 영역이다.

예전과는 상황이 조금 달라지긴 했다.

'저거 부딪히면 그냥 죽는 거 아냐.'

콧김을 내뿜으며 미친 듯이 달려오는 저 두 마리의 황소의 기세는 그야말로.

'장난 아니네.'

살벌했다. 최저 레벨, 최단 시간 클리어 보상을 얻기 위해 무리하는 감이 없지 않아 있었다. 더 정확하게 말하자면 아슬아슬하게 가능한 선에서 움직이고 있다.

자신은 있지만 그래도 실수하면 죽을 수도 있는, 그 선에서 말이다.

2년 뒤, 대격변이 온다.

2년. 결코 짧은 시간이 아니다. 그래서 그는 조바심을 내고 있는 거다.

그때 가장 먼저 동생이 죽는다. 최후의 보상 HAN도 중요하지만 일단 가족부터 살리는 게 그의 1차적 목표다. 그래서 그는 필사적일 수밖에 없었다.

이제 곧이다. 황소가 보였다. 눈이 완전히 붉게 물들어 있는 미친 소였다.

신희현은 침을 꿀꺽 삼켰다.

'셋.'

두 머리 황소가 가까워져 왔다. 이제 3초 뒤면 부딪힌다.

쿵! 쿵! 쿵! 쿵!

저레벨 입장에서 충분히 위협적인 황소의 발이 만들어내는 약한 지진이 신희현의 심장을 때렸다.

'둘.'

부딪히면 정말로 죽는다. 그럴 리 없지만, 만에 하나 실수하면 정말로 끝인 거다.

'하나.'

엘렌은 기겁했다. 저대로 두면 파트너가 죽어버릴 것 같았다.

"안 돼!"

라고 외치는 그 순간.

빡!

거대한 소리가 터져 나왔다.

그와 동시에 신희현이 옆구리를 잡고 뒹굴었다.

"아으……."

엘렌은 다리에 힘이 풀려 순간 쓰러질 뻔했다.

두 머리 황소와 부딪히기 일보직전에 신희현이 옆으로 몸을 던졌다. 그 와중에 옆구리를 한 번 밟혔다.

신희현은 겨우겨우 일어서며 인상을 찡그렸다.

"무지하게 아프네."

엘렌이 날아와서 소리를 버럭 질렀다.

"당신은 도대체 왜 그렇게 무모한 겁니까!"

"어쨌든 살았으면 됐잖아. 이 정도 대미지는 다 염두에 두고 있었다고."

"하지만 잘못했으면 죽을 수도 있었습니다. 다른 플레이어들처럼 조금 더 평범하고 안전한 방식으로 플레이를 할 수는 없는 겁니까? 시작의 방에서 사망하는 플레이어의 숫자는 전체 플레이어 숫자의 1퍼센트도 되지 않습니다."

신희현은 대답하지 않고 일어섰다. 지금이 기회다. 이것저것 설명할 시간 별로 없다.

빡!

한 번 더 요란한 소리가 났다. 두 머리 황소가 서로에게 열이 받아 서로를 공격한 거다. 그리고 두 몬스터의 움직임이 멎었다.

'좋았어. 스턴이다.'

스턴 상태에 걸려들었다. 서로의 공격 때문이다. 거의 엇비슷한 능력을 가진 두 개체다. 서로의 특수 스킬이 잘 걸려드는 거다.

'두 머리 중 이마에 빨간 점이 있는 머리.'

그 빨간 점. 다시 말해 뿔과 뿔 사이, 사람으로 치자면 미간이 바로 두 머리 황소의 약점이다.

변변한 무기도 없다. 그저 주변에 널브러져 있던 돌들을 사용했다. 물론, 사용할 돌마저도 이미 선정해 놓은 거다.

신희현은 통증을 무시하고 뛰었다. 죽지 않았으면 됐다. 콤보 물약을 꺼내 마셨다. 스턴 상태에 빠진 황소들을 공격하기 시작했다.

잔소리를 못다 한 엘렌은.

'이번에는 너무 무모했어.'

라고 생각하며 이번만큼은 주의와 경고를 줘야겠다고 마음먹었다.

그녀도 HAN이 필요하다. 플레이어가 죽으면 자신도 죽는다. 신희현이 아무리 대단하다 할지라도 저렇게 너무 무모하게 행동하는 건 막아야 했다.

'어째서 저렇게…… 위험을 감수하는 거지?'

아주 조금만 돌아서 가면 훨씬 쉽게 갈 수 있을 텐데.

혹시라도 스턴 상태가 풀리고, 놈들이 신희현 플레이어를 공격한다면?

그땐 정말 죽을 수도 있다. 그리고 엘렌이 생각했을 때, 신희현의 통상 공격으로는 황소를 빠른 시간 내에 죽일 수가 없다. 그 전에 스턴 상태에서 풀리게 될 거다.

'아무리 콤보 물약이 있다고 하더라도…….'

만약, 만약에라도 30콤보를 넘게 할 수 있다면 가능할 수도 있다.

하지만 30콤보의 경우, 들어본 적도 없다. 아직 이론상에만 존재하는 콤보.

그때 엘렌의 시간이 잠시 정지했다. 그녀는 아무런 말도 못한 채 앞을 쳐다봤다. 그녀의 등에 달려 있는 두 장의 날개가 파르르 떨렸다.

'말도…… 안 돼.'

알림음이 그녀의 귀를 강타했다.

'설마…….'

[20콤보]

설마설마했는데, 벌써 20콤보를 넘었다. 엘렌이 침을 꿀꺽 삼켰다.

'설마……'

알림음이 계속 들렸다.

[23콤보]

[24콤보]

[25콤보]

[26콤보]

'설마……'

이윽고, 30콤보에 도달했다. 또 다른 알림음이 들려왔다.

엘렌은 아까까지만 해도 초조해했었다. 그럴 수밖에 없었다. 신희현이 대단하다는 건 알고 있지만, 신희현이 죽으면 자신도 죽는다.

자신의 목숨이 달려 있는데, 쉽사리 넘어갈 수는 없는 노릇이다. 방금 위험했던 것도 사실이고.

'하지만……'

지금 눈에 보이는 이 광경은 뭐란 말인가.

신희현이 도박을 한 건 맞았다. 맞긴 맞는데, 그 도박의 결과가 너무나 믿기 어려웠다.

알림음이 들려왔다.

[30콤보]
[30콤보 달성]
[1.5배의 대미지가 적용됩니다.]
[시스템 내 최초 150퍼센트 대미지 콤보 달성. 축하합니다!]
[시작 퀘스트 클리어 등급 산정에 긍정적인 영향을 끼칩니다.]

다른 파트너들의 얘기를 들어보면, 이런 경우는 단 한 번도 없었다. 그리고 시스템이 인정했다.

'시스템 내 최초 달성'이라고.

파트너라고 해서 모든 것을 다 아는 게 아니다.

'시작 퀘스트 클리어 등급 산정에 긍정적인 영향'이라는 알림이 있는지도 몰랐다.

'이대로면…… 정말로…….'

신희현이 노블레스 등급 클리어 어쩌고를 말했던 것이 결코 허세가 아닐 거라는 생각이 들었다. 그리고 다시 한 번 느꼈다.

'나의 조언은…… 그저 잔소리가 될 뿐이야.'

아까 8콤보를 하는 건 봤었다. 그런데 30콤보를 이렇게 넘겨 버릴 줄은 몰랐다.

콤보 시스템은 잘만 활용하면 커다란 파괴력을 낼 수 있다. 누적 대미지에 따라 상대에게 입히는 대미지가 달라진다.

엘렌은 감탄했다.

'30콤보를 넘었다니……'

신희현을 제외한 다른 플레이어의 최고 기록이 현재 7콤보다.

당연한 말이지만, 콤보가 거듭되면 거듭될수록 성공시키기가 어렵다. 정확한 공격 타이밍을 맞추기가 어려우니까. 그리고 초짜 플레이어의 경우, 콤보가 계속되면 그 콤보에 신경 쓰느라 오히려 콤보를 실패하는 경우도 많았다.

하지만 신희현은 달랐다. 콤보라는 것이 몸에 배어 있는 것처럼, 너무나 자연스럽게 공격을 하고 있었다.

믿을 수 없는 일이 눈앞에서 계속해서 벌어졌다.

음머어어-!

단말마와 함께 두 머리 황소 한 마리가 쓰러졌다.

엘렌은 혹시나 싶어 신희현을 뚫어져라 쳐다봤다.

한 몬스터에게 콤보를 먹이는 것은 비교적 쉽다.

그러나 그 몬스터가 죽은 다음, 다른 몬스터에게 콤보를 이어서 먹이는 것은 훨씬 더 어렵다.

그 타이밍이 훨씬 더 교묘해지고 짧아진다. 정교한 컨트롤

이 없으면 불가능하다. 이 콤보를 '타 개체 콤보'라고 부른다.

엘렌은 묘한 기대감을 품었다.

'신희현 플레이어라면……'

그 예상은 빗나가지 않았다.

[타 개체 콤보 성공!]

[시스템 내 최초 타 개체 콤보 달성. 축하합니다!]

[시작 퀘스트 클리어 등급 산정에 긍정적인 영향을 끼칩니다.]

거기에 신기록이 이어졌다.

[38콤보]

[39콤보]

[40콤보]

손에 익은 무기도 아니고, 돌을 사용하고 있음에도 불구하고 콤보를 이어갔다.

40콤보에 이르렀을 때, 두 머리 황소 두 마리를 사냥할 수 있었다.

[두 머리 황소를 사냥했습니다.]

[상위 레벨 몬스터를 사냥했습니다.]

[20퍼센트의 추가 경험치가 주어집니다.]

엘렌이 말했다.

"신희현 플레이어, 40콤보를 달성했습니다."

"나도 알아."

"아무리 콤보 물약의 도움이 있었다고는 해도 거의 기적에 가까운 일입니다."

신희현은 아이템을 습득했다. 두 마리 중 한 마리에게서 나왔다. 이건 경험적으로 이미 증명된 사실이었다. 두 마리 중에 한 마리는 무조건 뿔을 드랍한다.

[두 머리 황소의 뿔을 획득하였습니다.]

신희현은 이마의 땀을 닦아냈다.

"기적 아닌데?"

"……"

"실력이지."

"……"

말은 그렇게 해도 솔직히 신희현도 똥줄 탔다. 생각보다 대미지가 너무 안 나왔다. 아무리 그냥 돌이라고는 해도, 저 레벨이라고는 해도 대미지가 너무 낮았다. 시간을 좀 더 끌었다면 위험할 뻔했다.

'그나마 콤보 물약이 있어서 다행이었어.'

회복 물약이 아닌 콤보 물약이 있어서 다행이었다.

콤보 물약은 콤보 타이밍을 조금 더 늘려 줘서 타이밍 맞추기가 더 쉽도록 해준다. 솔직히 콤보 물약이 없었으면 그도 40콤보를 이어갈 수 없었을 거다.

예전과는 몸이 달라도 너무 달라서 어려웠다. 그 익숙하지 못한 몸동작임에도 불구하고 엘렌은 감탄했지만 말이다.

"하여튼 마지막으로 촌장의 손녀를 구하러 가 보자고."

대퀘스트라고 이름이 붙어 있어서 그렇지, 촌장의 손녀를 구하는 건 어렵지 않았다. 두 머리 황소가 서식하는 들판으로부터 동쪽으로 약 3㎞ 정도만 걸어가면 된다.

'이쯤에서 돌아다니고 있을 텐데.'

이 부근에서 길을 잃고 헤매고 있을 거다. 얼마 지나지 않아 어린 여자아이의 울음소리가 들려왔다.

"정말로 모든 것을 다 알고 있는 듯 움직이시는군요."

당연하지. 이건 내가 수백 번은 겪었던 퀘스트니까. 그때 난 교관이었다고.

신희현은 그 말은 삼켰다.

신희현은 여자아이 앞에 섰다.

"널 데리러 왔다. 할아버지한테 데려다줄게."

그리고 손목을 한 번 돌렸다.

오랜만에 해서 잘될지 모르겠는데.

신희현이 팔을 들어 올렸다. 그리고 그 여자아이를 더 가까이 오게 했다.

"가까이 와봐."

퍽 소리가 났다. 엘렌이 깜짝 놀랐다. 아무리 그래도 그렇지 어떻게 저런 어린아이의 뒷목을 내려쳐서 기절시킨단 말인가.

하지만 엘렌은 입을 다물었다. 말도 안 되는 일들을 아무렇지도 않게 행하는 플레이어다. 조언을 빙자한 잔소리는 하지 않았다. 아니, 하지 못했다. 무슨 생각이 있을 거라고 생각했다.

신희현이 씨익 웃었다.

'좋았어. 한 방에 기절.'

이대로 그냥 두면 피곤하다. 다리가 아프다느니, 배가 고프다느니, 쉬었다 가자느니. 구출받는 주제에 투정도 엄청

부린다.

그래서 나온 획기적인(?) 공략법이 바로 손녀를 기절시키고 얼른 데려오는 거다.

손녀를 업고서 시작의 마을로 향했다.

[대퀘스트 클리어 완료]

[소퀘스트 클리어 완료]

[소퀘스트 클리어 완료]

[소퀘스트 클리어 완료]

엘렌은 눈으로 직접 보고 나서도 믿을 수 없었다. 이건 누가 봐도 최저 레벨, 최단 시간 클리어였다.

'겨우 178분 만에…….'

3시간이 채 걸리지 않았다. 그것도 겨우 레벨 14가 말이다. 더 구체적으로 말하자면 3시간 만에 레벨 업을 무려 14씩이나 했고 거기에 퀘스트까지 전부 클리어했다. 전무후무한 기록이었다.

시작의 방으로 돌아왔다. 헬퍼의 목소리가 들려왔다. 헬퍼의 목소리가 마구 떨리고 있었다.

─시, 시작 퀘스트 클리어 확인. 크, 클리어 등급을 사, 사, 산정합니다.

신희현도 이번에는 정말 궁금했다.

"보상 등급은?"

김상목과 최용민은 촌장의 손녀를 찾아냈다.

"생각보다 훨씬 빨랐어."

김상목은 싱글벙글이다. 역시 백지장도 맞들면 나았다. 겨우 72시간 만에 모든 퀘스트를 클리어할 수 있었다. 스스로들 생각하기에 정말 대단한 기록이었다.

김상목은 실실 웃었다.

"이 정도면 꽤나 높은 등급을 받을 수 있지 않을까? 그렇지? 역시 그렇지? 우린 짱이지? 이건 소고기 100근 감이야."

시스템 알림이 들려왔다.

[보상을 산정합니다.]

[시작의 방으로 이동합니다.]

김상목이 신나서 말했다. 헬퍼에게 우쭐거릴 수 있을 것 같다고 생각했다. 누가 뭐라 해도 겨우 3일 만에 클리어했으니까!

"저희가 최고 등급의 클리어죠? 그렇죠?"

그간의 경험상 72시간보다 빨리 깰 수는 없는 노릇이다.

절대로. 현실의 그 어떤 도구, 총, 아니, 탱크를 갖고 와도 그렇게는 할 수 없었다. (총이 있다 해도 그걸 사용해서 사냥하면 퀘스트 아이템을 얻지 못하겠지만.)

김상목은 확신에 가득 찼다.

"역시 그렇죠? 저희가 최고 등급이죠? 최단 시간이죠? 그런 거죠?"

그런데 헬퍼의 목소리가 약간 떨렸다.

헬퍼는 떠올렸다. 그 괴물 같은 놈을.

김상목이 고개를 갸웃했다.

"헬퍼 님?"

─…….

헬퍼는 몸을 부르르 떨었다. 김상목과 최용민은 눈에 들어오지도 않았다.

일전의 상황을 떠올려 봤다. 그 괴물 같은 플레이어가 시작 퀘스트를 통해 얻어낸 보상을 말이다.

7장
히든 던전: 고대 유적

헬퍼가 말했다.

-낄 데 껴라. 최단 시간은 3시간이 채 안 걸렸어, 병신 새끼들아!

헬퍼는 신희현에게 완전히 질렸다. 신희현을 보기만 해도 무섭고 다리가 덜덜 떨려온다. 그러면서 스트레스를 받는다. 그 스트레스를 김상목과 최용민에게 풀었다.

김상목이 황당하다는 듯 고개를 갸웃했다.

"예?"

말도 안 된다. 이것보다 빠르게 깰 수는 없다.

헬퍼가 말했다.

-최단 시간 클리어 기록은 178분이다. 178분 13초.

김상목은 입을 쩍 벌렸고 최용민은 입술을 깨물었다.

말도 안 된다. 어떻게 그런 말도 안 되는 기록이 있을 수 있단 말인가.

김상목이 믿을 수 없다는 듯 말했다.

"178시간이 아니고…… 178분이라고요? 말도 안 돼요……!"

최용민이 김상목을 막아섰다. 최용민이 물었다.

"혹시 그 최단 시간 플레이어가…… 누구인지 알 수 있습니까?"

헬퍼가 말했다.

―다, 다, 닥쳐! 누굴 죽이려고 이 개 같은 새끼가!

최용민은 '죄송합니다'라고 짧게 사과한 뒤 생각에 잠겼다.

그에 반해 김상목은 어느새 평정심(?)을 되찾고 감탄에 감탄을 더했다.

"우와, 대박이다. 개쩔어. 어떻게 그렇게 짧은 시간 안에 클리어했지? 레벨이 졸라 높은가 보다. 개부럽다. 그럼 엄청 높은 등급의 보상을 받았겠네. 와, 알려주면 좋겠다. 그럼 내가 소고기 엄청 많이 사줄 수 있는데. 진짜 개부러워. 헬퍼님, 그럼 저희 보상은 어떻게 되는 건가요?"

―너희의 레벨과 클리어 시간을 고려했을 때에 해당되는

구간은 'C'이다. C등급 클리어라고 할 수 있지. 그런데.

헬퍼가 킥 하고 한 번 웃었다.

─그보다 상위 등급의 클리어가 나타나게 되면.

최용민의 얼굴이 굳었다.

'설마.'

헬퍼가 말을 이었다.

─그보다 하위 등급의 클리어 보상은 아무것도 주어지지 않는다. 퀘스트 클리어 보상과 몬스터들을 잡은 경험치 등이 너희의 보상이 되겠지.

김상목은 벙쪘다.

"에⋯⋯?"

말도 안 돼!

소리치고 싶었다. 하지만 무서운(?) 헬퍼가 앞에 있어 함부로 소리치진 못하고 억울해했다.

"우리가 얼마나 열심히 깼는데."

이것도 엄청 노력해서 엄청 잘 깬 거다. 약간 무리하느라 부상도 좀 입었다. 무엇보다도 소고기까지 참아가며 열심히 플레이했다. 그런데 보상이 없다니.

이거 확 접어버릴까. 때려치울까?

헬퍼가 놀리듯 말했다.

─뻥이다. A등급까지는 보상이 적용된다.

헬퍼는 뭐가 그리 재미있는지 계속 키득키득 웃어댔다.

김상묵은 저도 모르게 '우라질 놈' 하고 말하고 말았는데 솔직히 헬퍼는 움찔 놀랐다. 다행히 그 모습을 들키지는 않았다.

최용민이 말했다.

"접속을 종료하겠습니다."

김상묵이 외쳤다.

"말도 안 돼! 열 받아!"

"……."

최용민은 눈을 감았다.

'도대체 어떻게 하면 겨우 3시간 만에 퀘스트를 클리어할 수 있는 거지?'

최용민은 몰랐다.

독 개구리가 암컷의 소변을 좋아하는 변태 개구리라든가.

황소끼리 부딪치게 만든 뒤 40콤보를 이어 나갈 수 있다는 것이라든가.

큰 뱀을 잡는 데 자라 껍질이 유용하다든가.

자라 잡는 데 헬퍼를 협박해서 두꺼운 장갑을 얻으면 편하다든가.

닥치고 부탁해라라든가.

'그 꼬맹이를 데리고 오는 것만 해도 3시간은 걸릴 텐데…….'

손녀를 기절시키고 데려오는 것이라든가.

알 수 없었다. 무슨 방법으로 그렇게 한 건지 마음 같아선 공략집이라도 있었으면 좋겠다고 생각했다.

김상목이 분노를 표현했다.

"열 받으니까…… 소고기를 먹어야겠어."

현실성 없는 성격에 고기를 유난히도 좋아하는 친구의 말에 최용민은 고개를 가볍게 끄덕이고서 걸었다.

'누굴까, 그 플레이어가.'

신희현이 말했다.

"아참, 난 명예의 전당에는 등록하지 않겠다."

헬퍼가 말했다.

ㅡ명예의 전당에 등록했을 시…….

신희현이 그 말을 잘랐다.

"추가 경험치가 제공되겠지. 거기에 더해 1위 특전으로 시작의 마을에서 구입할 수 있는 모든 아이템을 저렴한 가격으로 구입할 수 있게 되고. 시작의 마을 주민들과의 친밀도도 엄청나게 높아지잖아. 그에 따라 히든 퀘스트 몇 개도 주어질 거고."

─마, 맞습니다…….

이쯤 되니 헬퍼는 자기가 뭘 어떻게 설명해야 할지 감을 잡지를 못했다.

이걸 설명하려고 해도 알고 있을 것 같고, 그렇다고 설명을 안 하자니 자신의 임무에 위배되고.

그렇다고 또 설명 안 하고 지나가는 부분 있으면 저 무시무시한 플레이어가 '나 무시하냐? 설명 안 하냐?' 이럴 것 같아 무섭고.

감히 반항할 마음조차 가지지 못하는 마음 여린 헬퍼는 울고 싶었다.

엘렌은 헬퍼의 마음을 십분 이해했다.

"나는 그러한 추가 이득이 전혀 필요 없어. 내가 명예의 전당에 등록하지 않으면 넌 내 신변에 대해 발설할 수 없다. 알고 있겠지?"

─…….

이젠 하다하다 이런 것까지 다 알고 있다. 심지어 알고 있겠지란다.

저 말이 맞았다. 명예의 전당에 등록하지 않으면 헬퍼는 신희현에 대한 신상 정보를 공개할 수가 없다. 반대로 말하자면 명예의 전당에 등록하게 되면 신희현의 신상 정보가 까발려지게 된다는 소리다.

'이 클래스에 대한 정보가 없어.'

무슨 특별한 클래스인가 했더니 소환사다. 일단 클래스 각성이 시작되는 레벨 20이 되어봐야 뭔가 실마리라도 생길 터.

'게다가 시작의 방 명예의 전당은 딱히 메리트도 없지.'

명예의 전당에 등록했을 시, 그것도 1위에 자신의 이름을 남겼을 시에 상당히 좋은 보상을 제시하는 룸이 있다. 그러한 룸에서는 명예의 전당에 이름을 등록하는 것도 고려해 봐야 했다.

하지만 지금은 아니었다. 보상도 그리 좋지 않고 신변이 노출된다.

'내 레벨이 현저히 높은 편도 아니고.'

시작의 방을 비롯하여 몇 종류의 특별한 룸은 '레벨 절대 룰'에서 어느 정도 자유롭지만 대부분의 경우 레벨이 곧 법이다. 아이템이나 스킬 등으로 인하여 상대보다 자신이 강하다 하더라도 레벨이 낮으면 소용없다. 레벨 높은 플레이어에게는 공격 자체가 성립이 안 되니까.

'눈에 띄지 않는 게 좋다.'

거기까지 생각을 마친 신희현이 말했다.

"내 클리어 등급은?"

엘렌은 침을 꿀꺽 삼켰다. 신희현이 플레이를 처음 시작했을 때, 어쩌면 아주 어쩌면 노블레스 등급 클리어가 가능할지도 모르겠다고 생각했었다.

'노블레스 등급 클리어가 정말로 가능할까……?'

누가 봐도 이건 거의 불가능에 가까웠다. 클래스 각성조차 하지 못한, 레벨이 겨우 10을 넘는 플레이어가 그토록 짧은 시간에 클리어했다.

'과연…….'

헬퍼는 한동안 침묵을 지켰다. 신희현조차도 등급을 산정할 수 없었다. 노블레스가 될 것 같다고 막연히 생각은 하고 있다.

과거, 모든 공략을 종합하여 같은 방식으로 시작의 방을 클리어했던 플레이어가 노블레스 등급 클리어를 받았다고 알려져 있었으니까.

'그때 그 플레이어의 레벨이 18이었나 그랬을 텐데.'

하지만 혹시 모른다. 허세였을지도 모를 일이다. 자신의 모든 것을 다 오픈하지는 않았을 테니.

"빨리 말해."

―아…… 자, 잠시만 기다려 주십시오.

시간이 조금 흘렀다. 그리고 결과가 나왔다.

―노, 노, 노블레스 등급이 마, 맞습니다!

헬퍼는 굉장히 놀란 것 같았다. 헬퍼와 마찬가지로 엘렌도 놀랐다. 그녀의 무표정이 조금 흐트러졌다. 침을 꿀꺽 삼켰다.

'정말로…… 노블레스 등급 클리어다. 시작하자마자 노블레스 등급 클리어를 받았어.'

믿을 수 없었다. 꿈을 꾸고 있는 것 같았다.

─보상은…….

신희현이 말을 잘랐다. 이때다. 다른 보상은 필요 없다. 이 보상을 위해서 이렇게 서둘러서 클리어를 감행했다.

"레벨 디텍터 내놔."

─신희현 플레이어, 보상의 결정은 제 설명을 모두 듣고 난 이후에 정해도 지장 없습니다.

"어떤 방이든, 최초의 노블레스 등급 클리어 보상은 총 4개. 레벨 디텍터, 고대 신전의 신물, 올림푸스 성수, 레벨 업 물약. 이 네 가지 중에 하나 고르는 거잖아. 내 말이 틀렸어?"

─…….

헬퍼는 또 말하지 못했다. 이 플레이어, 사기다. 자기가 하려고 했던 말을 글자 하나 안 틀리고 말했다. 마음을 읽는 게 아닌가 싶을 정도였다.

─굳이 다른 것들에 대한 설명을 하지 않더라도…… 내용을 아시겠군요.

신희현이 씨익 웃었다.

"나는 레벨 디텍터가 필요해."

-알겠습니다. 인벤토리 내에 직접 진송하겠습니다.

시스템 알림음이 들려왔다.

['레벨 디텍터'를 습득했습니다.]

인벤토리를 열어 아이템 설명을 살펴보면 상당히 짧았다.

〈레벨 디텍터〉

타 플레이어의 레벨을 파악할 수 있는 아이템

작동 명령어는 '파악'이다. 레벨 디텍터는 언뜻 보면 아무 것도 아닌 것 같지만 결코 그렇지 않다. 때로는 그 어떤 무기 나 방어구보다도 큰 능력을 가지기도 한다.

레벨은 곧 법이다. 물론, 레벨 100이 넘어가면서부터는 아 주 약간 달라지기는 한다.

레벨 100이 되는 순간, 모든 클래스의 플레이어에게 '룰 브레이킹'이라는 패시브 스킬이 자동적으로 생긴다.

룰 브레이킹이라고 해서 룰을 완전히 깨는 건 아니다. '레 벨 절대 룰'에 약간의 유격이 생기는 것뿐이다. ±20까지의 유격이다.

예를 들어, 레벨 99의 플레이어는 레벨 100의 플레이어를 공격할 수 없다. 하지만 레벨 100의 플레이어는 레벨 120의 플레이어를 공격할 수 있게 된다는 소리다.(가능만 하다는 소리다. 일반적으로는 레벨 100의 플레이어가 120의 플레이어를 이기기란 요원한 일이다.)

어쨌거나 레벨이 곧 법인 상황에서 상대의 레벨을 파악할 수 있다는 건, 애초에 유리한 상태로-협상이든 전투든, 어떤 상황에서든- 시작할 수 있다는 소리다.

'일단 레벨 디텍터는 얻었어.'

순조롭다. 레벨 디텍터를 얻었다.

'그렇다면 이제……'

남은 아이템들을 떠올렸다. 일단 이 클래스에 관해 아는 것이 별로 없으니 전투 관련 혹은 클래스 관련 아이템은 둘째 치고서.

'룰 브레이커를 구하려면 시간이 좀 더 있어야겠지.'

룰 브레이커는 약 5년 뒤에 경매장에서 처음 나타나게 된다. 그 당시 가격이 약 800억 정도 했었던 것 같다.

그런데 그 소유자는 금방 죽었다. 다른 플레이어에게 살해 당했다. 주인이 여러 차례 바뀌면서 룰 브레이커는 '주인을 잡아먹는 아이템'이라고 불리기까지 했다. 진짜 주인이 나타나기 전까지.

진짜 주인의 이름은 강유석이었다.

강유석이 룰 브레이커를 갖게 됐고, 그 누구도 룰 브레이커를 탐내지 못했었다. 그는 무소불위의 권력을 휘두르는 폭풍이었으니까.

'모든 게 계획대로다.'

노블레스 등급 클리어를 받을 거라고는 생각했지만 그래도 혹시나 싶었었다. 노블레스 등급 클리어까지 얻어냈다. 좋았다. 생각대로 아주 잘 흘러갔다.

그때, 헬퍼의 말이 들려왔다.

―스페셜 에어리어. 시작의 방 노블레스 등급 클리어 완료. 그에 따른 특전이 주어집니다.

신희현의 몸을 움찔 떨렸다.

'응?'

시작의 방이 약간 특수한 곳이기는 하다. 레벨 100 이전, 그러니까 룰 브레이킹이 생기기 이전 레벨 절대 룰에서 자유로운 곳이었으니까.

그런데 '스페셜 에어리어. 시작의 방'이라는 말은 처음 듣는다.

'알려지지 않은…… 내가 모르는 게 있다?'

―히든 던전, 고대 유적 탐방의 기회가 주어집니다.

'방'과 '던전'은 다른 개념이다. '방'내에 '던전'이 있다는 건 처음 듣는 소리다.

'히든 던전이라고? 시작의 방 안에 던전이 있다고?'

전혀 몰랐던 것이 갑자기 나타났다.

알림음이 들려왔다.

[히든 던전: '고대 유적' 탐방을 시작하시겠습니까?]

시간제한 알림은 없었다. 뭔지 모르겠다. 일단 엘렌에게
물었다.

"엘렌, 히든 던전이 뭐야?"

엘렌은 잠시 동안 침묵을 유지하다가 이내 입을 열었다.

"저도 잘 모르는 내용입니다."

신희현은 눈을 잠시 감았다. 파트너가 모든 것을 다 알고
있는 건 아니다.

하지만……

'겨우 시작의 방 내용인데…… 엘렌이 모르고 있다고?'

기억을 더듬어 봤다. 혹시나 놓치고 있는 게 있는가 싶어서.

하지만 없었다. 과거 '레벨 디텍터'를 얻었던 플레이어인
최은솔에게도 듣지 못했던 내용이다.

'그렇다는 말은…….'

두 가지로 해석될 수 있다. 최은솔이 비밀로 하고 있었든

지 아니면 정말로 새로운 것이든지.

신희현은 갈등했다.

지금 들어갈 것인가, 아닌가.

기억을 돌이켜 보면 뭔가 새로운 것, 밝혀지지 않았던 것을 새로이 밝혀내고 도전했을 때의 보상은 굉장히 달콤했다.

'시작의 방에는 그렇게 위험한 것이 없어.'

착실하게 레벨을 올려서 그 레벨에 맞는 몬스터를 상대한다고 하면 그렇게 위험하지 않다. 시작의 방은 플레이어가 이 시스템에 익숙해지도록 도와주는 성격의 던전이니까.

다시 한 번, 알림음이 이어졌다.

[히든 던전: '고대 유적' 탐방을 시작하시겠습니까?]
['히든 던전: 고대 유적'은 30초 뒤 자동으로 소멸됩니다.]

신희현은 조급해졌다.

30초란다. 들어가야 하는가, 말아야 하는가.

현재 레벨 14. 시작의 방에서 올릴 수 있는 최대 한도 레벨은 20이다. 20을 초과해서도 시작의 방을 활성화시킬 수는 있지만 이후에는 경험치로 거의 인정되지 않는다.

알림음이 들려왔다.

['히든 던전: 고대 유적'은 15초 뒤 자동으로 소멸됩니다.]

이런 도박을 하지 않더라도, 계획은 충분히 잡혀 있다.

그 계획대로만 충실히 간다면 이 '소환사'라는 클래스가 아주 엉터리가 아닌 이상에야 예전의 강유석을 충분히 따라잡을 수 있다고 생각한다.

신희현이 다시 물었다.

"아예 정보 자체가 전혀 없는 거야?"

"예, 전혀 없습니다."

원래대로라면 이렇게 말했을 거다.

'네, 없습니다. 위험할 수 있습니다. 시작의 방은 플레이어가 시스템에 적응하도록 도와주는 튜토리얼 성격의 던전입니다. 위험을 무릅쓸 필요 없습니다'라고 말이다.

하지만 엘렌이 신희현을 대하는 방식은 조금 달랐다. 잔소리를 하는 대신 입을 다물었다.

'선택은…… 신희현 플레이어에게 맡기자.'

그래야 할 것 같았다. 알림음이 또 들려왔다.

['히든 던전: 고대 유적'은 10초 뒤 자동으로 소멸됩니다.]

그때, 신희현은 저도 모르게 피식 웃고 말았다.

언제부터 자신이 안전을 담보로 한 상태로 던전을 클리어해 왔던 말인가. 원래 던전은 안전하지 않다. 과거로 돌아와서 비교적 안전하게 클리어하고 있을 뿐.

'나는 길잡이였다.'

그는 길잡이였다. 따지고 보면 가장 위험한 클래스이기도 했다. 던전 내에서 파티를 인도하는 역할이었으니까.

그런 주제에 고작 시작의 방에 있는 히든 던전이 무서워 갈등하고 있는 꼴이라니.

생각해 보면 겨우 시작의 방이다. 다른 곳보다 훨씬 덜 위험하다. 원래부터 던전은 알 수 없는 곳이다. 예전부터 숱하게 도전을 했었다. 그땐 지금보다 훨씬 위험했다.

'Y.'

입성을 선택했다.

신희현이 피식 웃었다.

"날 너무 걱정하지 마."

"걱정하는 것이 아닙니다."

"그러면 뭔데? 너 표정 안 좋은데?"

"……무표정입니다."

신희현이 엘렌을 빤히 쳐다봤다. 계속 쳐다봤다. 엘렌은 아무 말도 못 했다.

신희현의 눈길을 느낀 엘렌의 얼굴이 아주 조금, 굉장히 미세하게 조금 붉어졌다.

신희현이 묻지도 않는데 굳이 설명했다.

"그야 플레이어가 죽으면 저 또한 죽기 때문입니다."

"어쨌거나 내가 죽으면 안 되는 거잖아. 나를 걱정하는 거 맞네."

"지나치게 긍정적인 해석입니다."

신희현은 걸음을 옮겼다.

'여기까지가 세이프티 존인가.'

바닥에 녹색 금이 가 있다. 여기까지가 세이프티 존인 것 같았다. 이 경계에서 통로 안쪽을 최대한 살펴보는 것이 중요하다.

예전의 감각을 떠올려 보기로 했다.

'뭐가 있는 거냐.'

보통 이러한 던전에는 TIP을 주는 여러 장치가 있게 마련이다. 어떤 특별한 보석이 되었든 버튼이 되었든, 그도 아니면 몬스터가 되었든.(던전에 관한 TIP이 담긴 일종의 설명서를 드랍하는 몬스터들이 존재했다.)

오른쪽 벽면.

색깔이 유난히 다른 벽돌이 하나 보였다. 정말 재수가 없는 경우가 아니라면 이리한 경우 대부분은 TIP을 준다.

'일단 천장.'

그리고 왼쪽과 오른쪽을 살폈다. 벽면을 자세히 살핀 뒤.

'바닥에는 아무것도 없는 것 같고.'

유심히 살폈다. 함정이 있을 곳은 없는 것 같았다. 이 정도면 눌러도 되겠다는 판단이 섰다.

뛰어난 길잡이가 있다면 파티의 생존률은 비약적으로 높아지며 함정을 피할 확률도 굉장히 높아지지만, 100프로 안전한 건 없다.

'살필 건 다 살폈어.'

생각은 신중했지만 행동은 빨랐다. 결론이 내려진 후, 신희현은 망설임 없이 벽돌을 살짝 눌렀다.

[고대 유적의 통로]
[위험해 보이지 않습니다.]

신희현이 걸음을 옮겼다. 엘렌의 표정은 무표정으로 그의 뒤를 따랐다.

'이 플레이어는 정말…… 무모해.'

무모했다. 무모하리만치 결정이 빨랐고 행동에 망설임이

없었다.

재미있는 건, 신희현이 무모한 행동을 하고 있는데도 그 자신이 미묘한 기대를 하게 된다는 것이었다.

이 플레이어는…… 뭔가가 많이 달랐다.

두 갈래 길이 나왔다. 신희현은 한참을 고민했다.

"엘렌, 어디로 갈까? 손바닥에 침 뱉어봐."

다르긴 다른데, 이런 엉뚱함도 갖고 있었다. 엘렌이 진지한 표정으로 말했다.

"비위생적인 행동입니다."

"질문을 바꿀게. 왼쪽이 좋아, 오른쪽이 좋아?"

"중요 선택에 관한 결정권은 제게 없습니다."

"어차피 던전 내에서 정답은 없어. 내가 둘 다 봤는데, 둘다 완전히 똑같아. 이럴 땐 순전히 운이라는 소리야. 어쩌면 끝이 막혔을 수도 있고. 길을 잃지만 않으면 되는 거야."

신희현은 주위를 둘러봤다.

"초보 존이면 초보 존일수록 이런 것이 꽤 많은 법이거든. 우리들은 이걸 안배라고 불렀어."

바닥에서 하얀색 돌을 집어 들었다. 엘렌은 그 돌을 쳐다봤다. 뭔가가 반대로 됐다. 플레이어에게 배우는 파트너라니.

"안배…… 입니까?"

"이번에는 왼쪽."

하얀색 돌을 분필 삼아 왼쪽 입구에 작게 엑스 자를 그렸다.

신희현은 좀 더 자신만만해진 얼굴로 말했다.

"이런 표식을 남길 수 있는 도구가 있는 걸 보니까. 플레이어의 수준을 상당히 배려하고 있는 곳이네. 초보 존이 맞아."

그렇다는 말은 난이도 자체가 엄청나게 높은 곳이 아니라는 뜻이다. 조금 더 과감하게 걸음을 옮겼다.

직감이라는 것이 완벽할 수는 없지만, 그래도 신희현쯤 되는 길잡이라면 어느 정도의 신뢰성 있는 직감을 갖고 있다.

단순한 '감'이 아니라 수많은 경험을 토대로 나오는 판단의 결과니까.

약 3시간 정도 시간이 흘렀다. 그 와중에 여러 번 갈림길이 나왔다.

신희현이 말했다.

"엘렌, 길을 잘 기억해 두도록 해."

"……."

엘렌이 기억하기로도 벌써 7번이 넘는 갈림길을 거쳤다. 그 많은 것을 어떻게 다 기억한다는 말인가.

"시작 지점으로 되돌아가야 완전 클리어가 진행이 되는 경우가 많아. 그러니까 길을 기억해 두는 것이 유능한 파트너로서의 첫 걸음이라고 할 수 있는 거지. 너는 유능하잖아. 그렇지?"

원래 저것은 유능한 파트너가 아니라 유능한 길잡이의 요건이라 할 수 있다. 순진한(?) 엘렌을 속였다. 유능한 파트너라는 말에 엘렌은 은근히 자극받은 듯했다.

신희현은 피식 웃었다.

'성장형 파트너니까.'

엘렌은 성장형 파트너일 거다. 적어도 신희현은 그렇게 생각했다. 파트너의 마음가짐이나 자세, 그리고 노력 여하에 따라 성장의 정도가 달라질 거다.

일정 부분 자극을 줄 필요가 있다고 생각했다.

'앞으로 가르칠 것도 많고.'

13번째 갈림길을 지났다. 이쯤 되니 엘렌은 감탄할 수밖에 없었다.

"신희현 플레이어, 설마 모든 길을 외우고 있는 것입니까?"

"당연히 못 외우지."

예전이라면 외웠을 거다. 길잡이였었으니까. 하지만 지금은 길잡이가 아니다. 지금의 몸은 예전의 몸과 다르다.

"그래도 나는 충분히 알아볼 수 있는 표식들을 남겨놨으니까 혹시라도 길이 잘못되었을 때, 돌아가는 것에는 무리가 없을 거야."

"신희현 플레이어는 볼 때마다 저를 놀랍게 만듭니다."

역시 생각 없는 무데뽀가 아니다. 무모해 보이지만, 그 무

모한 행동마저도 철저한 계산속에 이루어지고 있다는 생각
이 들었다.

"오빠 쩔지?"

저런 말만 안 하면 참 좋을 텐데. 쩔지가 무슨 뜻인지도 모
르겠다.

엘렌은 이해할 수 없다는 표정으로 진지하게 물었다.

"그건 욕입니까?"

"그런 거 아니다."

"……."

계속해서 걸었다.

'특별한 몬스터도 없고 함정도 없다. 이곳은 뭘 위한 곳
이지?'

보통 던전의 경우, 적어도 하나 이상의 테마를 가지고
있다. 대부분의 경우 그렇다.

그런데 이곳은 갈림길이 반복된다는 것을 제외하고 그 어
떠한 특이점도 찾을 수 없었다.

'미로가 테마인가?'

그렇다고 보기엔 플레이어를 위한 안배가 너무나 잘되어
있다. 계속해서 걷고 걸었다.

'길을 잃은 건 아니야.'

착실히, 계속해서 전진하고 있다. 다만 신희현이 착각을 하고 있는 게 있다. 초보 플레이어라면 절대 이렇게 차분하게 던전 내에서 길을 찾지 못한다.

아니, 레벨 높은 플레이어라 할지라도 신희현 같은 침착한 전진은 불가능하다.

일반 클래스의 경우, 갈림길이 5번 이상만 반복되어도 길을 잃어버리기 일쑤다. 심적으로 혼란스러워지며 그때부턴 굉장히 예민해진다.

일반 플레이어는 이런 길을 매우 싫어한다. 몬스터에게 잡혀 먹는 것도 아니고 길을 잃어 아사 하는 수가 있으니까.

'이 길은 어디까지 이어지는 거냐?'

계속해서 걸었다.

얼마나 걸었을까? 거대한 지하 공동이 나타났다. 주위를 둘러봤다. 여기저기에 통로가 많이 있었다.

그때, 알림음이 들려왔다.

[축하합니다!]

[스페셜 에어리어. 시작의 방 내 히든 던전: 고대 유적의 입구에 도착했습니다!]

뭔가가 변하기 시작했다.

8장
생각지도 못했던 보상

'공동 내에는…… 황금 건물들이 있고.'
알림이 이어졌다.

[축하합니다!]
[스페셜 에어리어. 시작의 방 내 히든 던전: 고대 유적의 입구에 도착했습니다!]

그때 여기저기서 빛이 번쩍번쩍 빛나기 시작했다. 마치 지진이라도 난 것처럼 지하 공동이 부르르 떨리기 시작했다.

[고대 유적이 플레이어의 입성을 확인합니다.]

신희현은 당황하지 않았다. 침착하게 알림을 기다렸다. 지진이라도 난 것 같고 이곳이 금방이라도 무너질 것 같지만 지금 당황해선 될 일도 안 된다.

엘렌은 입을 꾹 다물고 신희현 옆에 섰다.

'나도 이렇게 긴장이 되는데.'

신희현은 너무나 의연했다. 마치 이런 경험이 많은 것처럼. 그리고 당당했다.

엘렌은 저도 모르게 신희현의 등을 물끄러미 쳐다봤다.

뭐랄까. 의지가 된다고 해야 할까. 정확하게 뭐라고 표현해야 할지는 모르겠지만, 신희현의 담담한 표정을 보니 안심이 되는 것 같은 기분이 들었다

저럴 때면 뭐랄까. 조금은 멋있어 보이는 것 같다는 그런 생각도 들었다.

엘렌은 퍼뜩 정신을 차렸다. 신희현이 자신을 보고 있지 않은 틈을 타 고개를 양옆으로 재빨리 저었다.

'내가 무슨 생각을 하고 있는 거야?'

엘렌의 속마음과는 상관없이 신희현은 주위를 둘러봤다.

'뭔가가 변하고 있다.'

이런 경우는 대부분.

'퀘스트가 주어지지.'

탐방이기는 했는데, 그렇게 쉽지는 않을 것 같기도 했다.

몸이 떨려왔다. 과거, 아무것도 모르는 상태로 아무도 진입하지 않았던 던전들에 들어갔었던 그때의 기분이 느껴졌다.

떨렸다. 던전이란 곳은 잘못하면 죽을 수도 있는 곳이니까.

엘렌이 보기에 신희현은 담담해 보였지만 막상 당사자인 신희현은 담담하지만은 않았다. 그도 분명히 긴장을 했다. 그 긴장에 대처하는 자세가 일반 플레이어와는 다를 뿐.

[고대 유적을 지키는 수호자가 방문객의 발걸음을 반기지 않습니다.]

무언가가 소환되었다. 신희현은 단번에 저것이 무엇인지 알 수 있었다.

'골렘!'

크기는 약 5미터는 되어 보인다. 육중한 몸집.

'그것도 황금 골렘이라고?'

크기가 5미터 정도라면, 레벨이 약 100쯤 되는 놈이다. 더 쉽게 말하자면 한 대 얻어맞으면 그냥 시체가 된다.

'미쳤군.'

퀘스트가 발동되었다.

[퀘스트 '고대 유적 탐방'이 발동되었습니다.]

맨 처음 들었던 '고대 유적 탐방'이 퀘스트로 진행되었다.

[단 1회에 한해, 고대 유적 탐방을 포기할 수 있습니다.]

아무래도 여기부터가 진짜인 것 같았다.

퀘스트 내용을 빠르게 훑었다. 고대 유적을 지키는 수호자 황금 골렘을 파괴하고 고대 유적의 중심부에 발자취를 남기라는 퀘스트였다.

엘렌은 입술을 깨물었다. 지금 당장에라도 포기하라고 말하고 싶었다. 황금 골렘의 소환이 이제 거의 다 끝났다.

'신희현 플레이어는……'

지금 당장 포기하라고 말하고 싶은데, 말이 나오질 않았다.

한번 믿어봐야 하는 건가, 말려야 하는 건가.

'포기하지 않을 것 같다.'

그때 신희현이 씨익 웃었다.

"엘렌, 영체화해서 주위를 돌아."

"……네?"

신희현이 다시 한 번 주위를 살폈다.

"첫 번째, 저 첨탑."

손가락으로 다른 곳을 가리켰다.

"두 번째, 저 첨탑."

또 다른 곳도 가리켰다. 양쪽 첨탑 가운데에 정방형 황금 건물이 자리 잡고 있었는데,

"저 가운데, 저곳. 이 순서대로 구석구석 샅샅이 찾아. 어딘가에 저 골렘을 움직이는 마력석이 있을 거야."

신희현이 심호흡을 했다. 레벨 100이 넘는 몬스터를 앞에 두고서 신희현은 태연스레 몸을 풀었다.

헛둘, 헛둘 하면서 스트레칭을 하는데, 엘렌은 신희현이 도대체 뭘 하고 있는 건지 알 수 없었다.

황금 골렘이다. 신희현 같은 플레이어는 스치기만 해도 죽는다.

"물론 너는 파트너기 때문에 직접적인 물리력 행사는 못 할 거야. 하지만 위치 정도는 찾을 수 있잖아."

"신희현 플레이어는 그동안 무엇을 하실 예정입니까?"

"나?"

신희현은 천천히 뛰기 시작했다.

"마라톤."

황금 골렘의 소환이 완전히 끝났다.

쿵! 쿵!

거대한 발소리를 내며 신희현 쪽을 향해 걸어왔다.

"저놈, 느려 터졌거든. 하여튼 빨리 찾아. 지금의 내 체력이라면…… 2시간…… 아니, 힘겹게 힘겹게 3시간 정도는 도

망 다닐 수 있을 거야."

엘렌은 마음이 급해졌다. 신희현이 엄청난 담력을 가지고 있다는 건 이미 알고 있다.

'정말……'

항상 느끼는 거지만 뭐 저런 플레이어가 다 있나 싶다. 레벨 100이 넘는 골렘이 쫓아오고 있다. 상식적으로 무서운 게 정상 아닌가. 까딱 잘못해서 넘어져 저 주먹에 얻어맞기라도 하면 죽는 거다.

'일반적인 플레이어는……'

몬스터는커녕 절벽 끝에 서 있는 것도 못할 거다. 까딱 실수하면 죽는 거니까. 무서우니까.

지금의 경우는 그것보다 더한 경우다. 절벽 끝을 타고 달리는 것이라 보면 됐다.

쿵! 쿵! 쿵! 쿵!

첨탑과 골렘과는 꽤 거리가 있음에도 불구하고 발걸음 소리가 크게 들려왔다.

'빨리 찾아야 해.'

마력석을 찾는다고는 해도 그다음이 문제다. 그걸 어떻게 깨겠는가. 마력석은 제법 단단한 아이템으로 구분되어 있다. 쉽게 깰 수 없는 아이템이라는 소리다. 하지만 일단 신희현이 시키는 대로 하기로 했다. 지금은 그 방법밖에는 없었다.

숨이 차올랐다.

'3시간이면…… 찾을 수 있겠지.'

있을 거라고 생각은 한다. 황금 골렘은 말 그대로 '황금' 몬스터였다.

더 정확히 말하자면 플레이어들이 굉장히 좋아하는 그런 몬스터다. 황금 골렘의 공략법이 나온 이후로부터 그랬다.

물론, 그렇다고는 해도 레벨 14에 황금 골렘과 맞닥뜨릴 줄은 몰랐지만.

1시간이 지났다.

호흡 조절을 하면서 달렸는데도 슬슬 힘이 들었다.

'미치겠군.'

또다시 30분이 지났다.

숨이 턱 끝까지 차올랐다. 천천히 뛴다고 뛰는 거지만 그래도 아주 걷는 건 아니다. 그냥 빠르게 걷는 것도 1시간 30분씩 쉬지 않고 하면 힘들다.

'뒤에선 저딴 괴물이 쫓아오고 있고.'

골렘은 지치지 않는다. 이대로 시간이 계속해서 흐르면 위험하다.

2시간이 흘렀다.

그냥 뛰는 것도 아니고 뒤에서 저런 괴물이 쫓아오고 있는 거다. 심리적인 스트레스도 상당했다.

2시간 30분 정도가 흘렀다.

엘렌이 황급히 날아와 말했다.

"찾았습니다."

신희현이 씨익 웃었다.

"어딘데?"

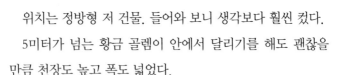

위치는 정방형 저 건물. 들어와 보니 생각보다 훨씬 컸다.

5미터가 넘는 황금 골렘이 안에서 달리기를 해도 괜찮을 만큼 천장도 높고 폭도 넓었다.

'이곳에 있을 줄이야.'

생각 외였다. 보통은 마력석과 골렘의 연계를 위해 첨탑에 두는 게 일반적인데.

달리고 또 달렸다. 속도를 좀 더 올렸다.

헉. 헉. 헉. 헉.

심장이 터질 것 같았다.

건물 내에 들어섰다.

쿠과광!

골렘이 건물을 부수며 계속 쫓아왔다.

엘렌이 계속 안내했다.

"이쪽입니다."

계단을 올랐다. 복도를 지났다. 방 몇 개를 지나쳐 갔다.

'엘렌, 아직 멀었어?'라고 묻고 싶지만 묻지 못했다. 지금
은 호흡 하나하나가 소중했다. 복도 끝까지 달려왔다. 하필
이면 끝 방이다.

"이곳입니다."

그런데 문제는.

'문이 안 열린다……?'

아까는 열렸다고 했다. 그런데 지금은 잠겼다.

'이런 씨팔!'

그리고 신희현은 결단을 내렸다.

'저놈은…… 아직 내게 한 번도 공격을 하지 않았어.'

그렇다면.

'오른팔을 먼저 뻗겠지.'

침을 꿀꺽 삼켰다.

'스치기만 해도 죽는다.'

어차피 체력도 떨어졌다. 이곳을 클리어하지 못하면 밖으로 나가지도 못할 거다. 이곳은 '방'이 아니라 '던전'이었으니까.

신희현이 방문 앞에 섰다. 짧은 시간이지만 거리를 계산했다. 황금 골렘의 습성을 떠올리고 공격 루트를 파악했다.

'됐어.'

엘렌은 입술을 깨물었다. 신희현의 표정이 예전과 같지 않았다. 자신이 아무런 도움도 줄 수 없다는 사실을 깨달았다. 미안해졌다. 그리고 걱정됐다.

크오오!

여태껏 계속 도망 다닌 침입자를 쫓아온 골렘이 성이 난 듯, 오른팔을 들어 올렸다.

신희현이 눈을 부릅떴다.

'됐다!'

일부러 까치발을 들었다. 최대한 타격점을 높이기 위해서.

횡으로 휘두를 거다. 바닥에 납작 엎드리면 피할 수 있을 거다.

후웅!

파공성이 일었다.

신희현이 바닥에 납작 엎드렸다. 그와 동시에.

콰광!

방문이 박살 났다. 신희현은 재빨리 자리에서 일어섰다. 눈앞에 파란색 마력석이 보였다. 엘렌의 두 날개가 파르르 떨렸다.

'저걸로 뭘 어떻게 하실 생각이지?'

현재 신희현의 능력으로는 저 마력석을 깰 수 없을 것 같았다. 바닥에 던진다고 해서 쉽게 깨질 것 같지도 않았고.

신희현이 가운데 손가락을 들었다.

"이거나 처먹어라, 이 새끼야!"

마력석을 인벤토리 내에 넣어버렸다. 그와 동시에.

쿠궁! 쿠구궁!

황금 골렘의 몸이 힘없이 무너지기 시작했다. 엘렌이 눈을 크게 떴다.

'이럴 수가.'

마력석을 인벤토리에 넣을 줄은 몰랐다.

"몰랐지?"

신희현이 키득키득 웃었다.

"이게 바로 버그라는 거야. 황금 버그. 물론 이걸 다시 꺼내면 저놈 되살아나. 나는 놈을 완전히 파괴한 게 아니고 땅에 떨어진 아이템을 습득한 것뿐이니까. 에너지 공급원을 차단시킨 거지."

"퀘스트는…… 골렘을 파괴하고 중심부에 발자취를 남겨

라였습니다."

"그래서 버그라고 했잖아."

신희현이 골렘의 사체(?)에 가까이 다가갔다.

"이거 금이야. 지금은 생명이 없지. 이것도 아이템이라는 소리야."

그리고 골렘의 조각들 몇 개를 집어 인벤토리 내에 집어넣었다.

"얘네는 아주 정교한 로봇 같은 거거든. 부품 몇 개가 빠지면 제대로 동작을 못해. 그리고 이거, 여기 백금 부분. 이게 없으면 어떻게 되느냐면."

신희현이 다시 빠르게 걷기 시작했다. 건물을 벗어났다.

'이 정도면 됐겠지.'

신희현이 말했다.

"엎드려. 폭발이 있을 거니까."

다시 마력석을 밖으로 꺼냈다.

콰콰광!

폭발음이 들렸다. 신희현이 어깨를 으쓱했다.

"이렇게 되거든."

[황금 골렘을 사냥했습니다.]

[상위 레벨 몬스터를 사냥했습니다.]

[20퍼센트의 추가 경험치가 주어집니다.]

"어때? 쉽지?"

엘렌은 아무런 말도 못했다.

'이게 쉬운 겁니까?'

불가능한 일을 가능으로 바꿨다. 레벨 14짜리가 무력 없이 레벨 100을 사냥했다.

[레벨이 올랐습니다.]

[레벨이 올랐습니다.]

[레벨이 올랐습니다.]

엘렌의 날개 두 장이 파르르 또 떨렸다. 이런 말도 안 되는 레벨 업, 들어본 적도 없다.

[레벨이 올랐습니다.]

[레벨이 올랐습니다.]

[레벨이 올랐습니다.]

도합 레벨 10이 올랐다. 신희현조차도 놀랐다.

'이런 경우는 상상도 못 했는데.'

어쨌든 좋았다. 다시 건물로 되돌아가 골렘의 사체 일부를 인벤토리에 넣었다.

'이건 진짜 금이야. 나 이제 부자라고'라고 키득대면서 말이다. 본격적인 탐방을 시작했다. 더 이상의 몬스터는 없는 것 같았다.

정방형 건물 내 지하로 이어지는 길이 있었다. 감이 왔다. 안으로 들어가서 한참을 헤맸다.

이윽고, 거대한 원형 형태의 광장이 나타났다. 가운데에는 커다란 제단이 있었다. 제단에 가까이 걸어갔다.

'발자취를 남기라는 퀘스트였어. 보통의 경우……'

제단 위로 성큼성큼 걸어 올라갔다.

'이러면 클리어가 진행되지.'

멀리서 보면 원형처럼 보이기도 하지만 가까이서 보니 대충 8각형 정도 되는 제단이었다.

그곳에 발을 디뎠다. 그와 동시에 제단이 황금빛으로 빛나기 시작했다. 공동 전체를 빛으로 가득 채웠다.

기대하지 않았던, 아니, 상상조차 하지 못했던 알림음이 들려왔다.

[스페셜 에어리어. 시작의 방 내 히든 던전: '고대 유적' 탐방 퀘스트가 클리어되었습니다.]

[고대 유적. 최초 클리어로 인정됩니다.]

[고대 유적. 최저 레벨 클리어로 인정됩니다.]

[고대 유적. 최단 시간 클리어로 인정됩니다.]

[고대 유적. 최소 인원 클리어로 인정됩니다.]

신희현은 멈칫했다.

'어라?'

기대를 하게 됐다.

'최저 레벨, 최단 시간, 최소 인원?'

게다가 히든 던전이다. 레벨 100짜리 몬스터가 출몰하는 히든 던전. 공략법이 있기는 했지만, 직접적인 방법으로는 절대로 사냥이 불가능한 몬스터가 있었다.

'최소한 레벨 100 이상의 난이도였다는 소리야.'

엘렌도 침을 꿀꺽 삼켰다.

'신희현은 지금 레벨 100짜리 몬스터가 나오는 이곳을 레벨 14에 클리어해 버렸다. 이건 원래 불가능한 일이야.'

클리어 등급을 산정한다는 알림음이 들려왔다.

[클리어 등급을 산정합니다.]

[노블레스 등급으로 인정됩니다.]

[연속 2회 노블레스 등급 클리어로 인정됩니다.]

신희현은 저도 모르게 탄식을 내뱉고 말았다.

"아……."

한 사람이 노블레스 등급을, 그것도 제대로 된 진명을 얻기도 전에 두 번이나 이룰 수 있을 줄은 몰랐다.

애초에 노블레스 등급은 선택받은 몇몇만 받을 수 있는 클리어 등급이 아니던가.

신희현마저도 놀랐다. 엘렌의 놀라움은 더욱 컸다.

"어떻게……."

하나의 방 내에서 두 번의 노블레스 등급 클리어가 나올 수 있단 말인가.

[보상이 주어집니다.]

그리고 뜻하지도 않았던, 정말 얻고는 싶었지만 어떻게 얻는지도 몰랐던 그것이 보상으로 주어졌다.

[보상 아이템이 인벤토리로 이동됩니다.]
['룰 브레이커'를 획득했습니다.]

신희현이 저도 모르게 소리쳤다.

"룰 브레이커라고?"

말도 안 된다. 룰 브레이커. 언젠가 얻을 거라고 마음은 먹고 있었다. 어디서, 어떻게 나오는지 몰라서 5년을 기다리려고 했다. 그때까지는 착실히 힘을 키우려고 했고.

주인을 잡아먹는 아이템.

룰 브레이커.

'그 룰 브레이커가……'

그것이 시작의 방 히든 던전에서 나왔다. 정말 생각하지도 못했다.

이 아이템, 언젠가 얻었으면 좋겠다고 생각은 하고 있었지만 이런 식으로 얻게 될 줄은 몰랐다.

"신희현 플레이어, 알고 있는 아이템입니까?"

"……어."

"상당히 충격을 받은 것 같습니다."

엘렌은 신희현에게 이런 반응을 보는 것이 처음이다. 신희현답지 않았다. 여태까지 모든 것을 알아서 척척 해오던, 자신감 충만하던 모습과는 사뭇 다른 모습이었다. 히든 던전을 처음 마주했을 때도 이런 반응은 아니었다.

"뭔가 불길한 것입니까?"

"아니."

엘렌이 잘못 짚었다.

'룰 브레이커는……'

룰 브레이커는 레벨 절대 룰에서 벗어나 상대를 공격할 수 있게 된다. 이후, 체계가 완전히 잡히기 전까지 세계는 혼란에 휩싸인다.

PVP가 활성화된다. 그때가 되면 레벨은 물론이거니와 심리전도 중요하게 된다. 내가 상대보다 레벨이 높느냐 높지 않느냐, 혹은 같은가.

'레벨 디텍터와 룰 브레이커. 이 두개의 조합을…… 이렇게 빨리 얻다니.'

신희현은 아이템을 확인해 봤다.

〈룰 브레이커-성장형〉
레벨 절대 룰의 법칙을 거스르는 힘을 가진 반지
효과: 레벨 절대 룰 무효화 10

맞았다. 그 룰 브레이커다. 자신보다 레벨이 높은 상대를 공격할 수 있게 된다. 반대로 자신보다 레벨이 낮은 상대는 자신을 공격하지 못한다.

레벨 100을 기점으로 룰 브레이킹 패시브 스킬과 함께 생각해 본다면 레벨 100의 플레이어가 레벨 130의 플레이어를 공격할 수 있게 된다는 뜻이다.

반대로 룰 브레이커를 착용하고 있으면 레벨 130의 플레이어는 레벨 110의 플레이어에게 공격받지 않는다.(룰 브레이킹의 효과가 ±20이니까.)

게다가 룰 브레이커는 성장형이다. 신희현이 성장하면 룰 브레이커도 성장한다.

정말 극단적으로, 효과가 레벨 절대 룰 무효화 1,000이라면?

그러면 거의 신처럼 군림할 수 있는 거다. 그렇기에 룰 브레이커라고 불렸으며 이 아이템을 갖기 위해 서로를 죽이고 죽였기에 주인을 잡아먹는 아이템이라고 불린 거다.

과거, 강유석의 레벨이 몇이었는지는 알려지지 않았다. 레벨이 몇인지는 알 수 없었으나 그에게 반하는 행동을 했던 플레이어는 모조리 죽었었다.

몇몇은 많은 사람 앞에서 발가벗겨진 채, 성기가 잘려 죽었다. 물론, 강유석이 직접 잘랐다. 그의 공격이 통하지 않는 상대는 없었다. 룰 브레이커의 효과였을지도 모를 일이다.

'룰 브레이커……!'

그리고 중요한 게 또 있다.

'룰 브레이커라는 것이 있는지…… 이 세상의 그 누구도 모른다.'

그 당시에는 경매에 나왔었다. 그래서 주인을 잡아먹는 아이템이 됐다. 하지만 이번에는 조금 다르다. 아무도 룰 브레이커의 존재를 모른다.

'상상 이상으로…… 좋게 흘러가고 있다! 게다가 시작의 방에서 레벨을 24까지 올렸어.'

신희현의 현재 레벨은 24. 시작의 방에서는 레벨 20 이상 올리기가 어렵다는 것을 감안하면 엄청난 속도의 레벨 업이라고 할 수 있었다.

[히든 던전: 고대 유적 탐방이 클리어되었습니다.]

[히든 던전: '고대 유적'을 탈출합니다.]

신희현은 확신했다.

'시작의 방은 단순한 튜토리얼이 아니다.'

스페셜 에어리어라고 했다. 맨 처음 레벨 절대 룰이 적용되지 않는 요상한 공간. 이곳에서 룰 브레이커까지 얻었다.

'뭔가…… 숨겨진 게 더 있을 수도 있겠어.'

신희현이 말했다.

"엘렌."

"예."

"시작의 방을 조금 더 탐사해 볼 거야."

길잡이로서의 직감이 말해줬다. 시작의 방은 단순히 튜토리얼이 아니다. 여태까지와는 접근법을 완전히 다르게 해야 했다.

기존 공략에 의거한 탐색이 아닌, 다시 처음부터 시작하는 마음으로 말이다.

"각성의 방으로 이동하지 않겠다는 뜻입니까?"

"맞아."

진명 각성을 잠시 미뤘다. 시작의 방을 좀 더 훑었다.

신희현은 완전히 길잡이의 마인드로 시작의 방 구석구석을 샅샅이 뒤졌다. 레벨 24다. 무서울 것이 없었다.

불과 몇 시간 전 신희현의 목숨까지도 위협했던 두 머리 황소는 이제 신희현과는 눈빛도 마주치지 않으려고 했다.

신희현이 키득키득 웃었다.

"이제 네 소변은 필요 없어."

"……."

엘렌은 아무 말도 안 했다. 아주 미세하게 볼이 조금 붉어졌다. 신희현은 그걸 보며 피식 웃었다. 엘렌도 가만히 보면 아주 무표정은 아니었다. 계속 보다 보니 조금씩 표정이 새어 나왔다.

"하여튼 그 수치스러운 경험을 이젠 안 해도 된다는 뜻이야."

"그걸 굳이 다시 얘기하시는 것이 더욱 수치스럽습니다."

"뭐가 수치스럽냐? 파트너로서 응당 해야만 하는 일을 했을 뿐인데? 우린 파트너잖아. 협력자."

"그렇긴 합니다만."

엘렌은 반박하고 싶었다. 하지만 맞는 말이라서 반박을 못했다. 그래서 그냥 입을 다물었다. 시간이 조금 흘렀다.

시작의 방을 열심히 살펴봤는데 별다른 것을 발견하지 못했다. 이곳에서의 수확은 '고대 유적'밖에 없는 것 같았다.

시작의 마을에서 탈출했다. 그런데 헬퍼의 목소리가 들려왔다.

―신희현 플레이어.

신희현이 고개를 갸웃했다.

"뭐냐?"

―시스템 알림이 있습니다. 복귀를 잠시 보류하겠습니다.

신희현은 헬퍼의 말을 기다렸다. 헬퍼는 자신을 굉장히 무서워하고 있다. 그럼에도 불구하고 저렇게 말을 하고 있다는 건, 뭔가 중요하거나 거스를 수 없는 성격의 어떠한 것일 가능성이 높았다.

'뭐지. 저놈이 이렇게 말을 꺼내는 거 보면…… 뭔가 중요한 일인데.'

얼마나 기다렸을까. 알림이 들려왔다. 이상한 알림이었다. 과거로 돌아온 이후, 전혀 예상하지도 못했던 두 번째 알림이었다.

9장
수호신 선별

이상한 알림음이 들려왔다.

[정황상 버그가 의심됩니다.]
[확인 절차에 들어갑니다.]
[확인 절차에는 시간이 소요될 수 있음을 미리 고지합니다.]

신희현이 물었다.
"헬퍼, 이게 어떻게 된 일이지?"
신희현의 질문에 오히려 헬퍼가 당황했다. 그건 오히려 헬퍼가 묻고 싶었다.
히든 던전을, 그냥 클리어도 아니고 노블레스 등급 클리어로 해내고 돌아올 줄이야.

이쯤 되면 존재 자체가 그냥 버그다. 그 버그한테, 버그 의심 알람이 떴다.

파트너인 엘렌이 조심스레 의견을 냈다.

"어쩌면 시스템이 신희현 플레이어를 버그로 인식했을 수도 있습니다."

"나를?"

신희현은 인상을 찡그렸다. 생각해 보니 일리 있는 말이었다. 그 어느 초보 플레이어가 노블레스 등급을 연달아 받는단 말인가.

'과거에는 이런 알림을 들은 적이 없었지.'

착실하게 저레벨부터 꾸준하게 레벨을 올렸었으니까. 다른 플레이어들도 이런 알림은 듣지 못했을 거다. 적어도 레벨 14 때 황금 골렘을 때려잡는 일은 하지 못했을 테니까.

신희현에게 알림음이 들려왔다.

[확인 절차에 들어갑니다.]

시간이 제법 걸렸다.

'만약…… 버그라면?'

그렇다면 어떻게 되는 걸까? 플레이어의 자격이 박탈

된다면?

'그건 안 돼.'

힘이 있어야 한다. 가장 먼저 가족을 구해야 하고, 사랑했던 여자도 살려야 한다.

최후의 보상 'HAN'을 얻을 때까지. 그때까지 살아남으려면 강한 힘이 필수다. 그 강한 힘에는 플레이어의 능력이 포함되어 있는 거고.

시간이 더 흘렀다.

[검사 결과 이상이 없습니다.]

[적법한 절차를 거친 위업으로 인정됩니다.]

[버그가 아님을 확인합니다.]

여기까진 좋았다. 헬퍼가 모습을 드러냈다.

'저놈이?'

뚱뚱한 꼬꼬마.

원래 자기의 모습을 드러내는 것을 극도로 싫어하는 놈이다. 그런데 모습을 드러냈다.

아주 중요한 얘기를 할 때에만 저렇게 모습을 드러낸다. 신희현은 그 사실을 알고 있기에 약간 긴장했다. 헬퍼가 말했다.

"신희현 플레이어께서는 두 가지 길 중 한 가지 길을 선택하셔야만 합니다."

"그게 무슨 뜻이야?"

"시스템 판정상, 적법한 절차를 거쳤고 버그가 아님이 판명되었지만 신희현 플레이어는 여전히 시스템의 위협 요소입니다. 일반적인 플레이어들과는 달라도 너무 다릅니다."

"그래서?"

"그래서 시스템은 신희현 플레이어에게 두 가지 선택지를 제시했습니다. 이 두 가지 시스템은 플레이어의 자유도를 간섭할 수 있음을 미리 알립니다. 다만 그 간섭은 최소한에 그칠 것이며, 간섭에 대한 보상은 충분히 지급될 것입니다. 또한 각 선택에는 권리와 의무가 공존합니다."

"둘 다 선택하지 않는다면?"

"플레이어의 자격이 박탈됩니다."

"……."

더 들어볼 것도 없다. 이건 어차피 답이 정해져 있는 거다.

'변수가 생겼어.'

변수라는 건 언제 어디서나 생길 수 있는 거다. 생각보다 빨리 생겼을 뿐. 지체한다고 해서 뭐가 달라지는 건 아니다. 그에게는 플레이어의 힘이 꼭 필요하다.

그 두 가지 선택지, 들어보기로 했다.

신희현은 거실에서 동생인 희아와 마주쳤다.

"엄빠(*엄마, 아빠)는 외식하러 갔어. 치사하게."

"희아야."

"응?"

"너라면 영웅이 될래, 폭군이 될래?"

"뭔 뚱딴지같은 소리야?"

"하여튼 골라봐. 그 왜, 가난한 영웅 할래? 돈 많은 악당 할래?"

"음."

신희아는 잠깐 생각하는가 싶더니,

"돈 많은 영웅 하면 안 돼?"

라고 말했다.

"아."

간단한 답이었다.

신희현이 지갑에서 만 원을 꺼내 들었다.

"이걸로 까까라도 사 먹어라."

"오예, 감사합니다! 오빠 짱!"

겨우 만 원이지만.

"사랑해."

만 원에 사랑해 소리가 절로 나왔다.

"어때? 악당이든 영웅이든 돈 많으면 장땡이야?"

신희아가 머뭇거렸다. 손 안에 만 원이 생기니까 마음이 흔들리는 듯했다. 손 안의 만 원과 신희현을 번갈아 가면서 쳐다봤다. 갈등했다.

"그, 그런가?"

쓸데없이 진지하게 말했다.

"그, 그래도 사람이 인성이 되어야지. 암!"

신희현은 침대에 누웠다. 시스템이 선택한 두 가지 길에 대해 생각해 봤다. 일반적인 경우는 당연히 아니었다.

성웅의 길과 폭군의 길.

이 두 가지 길을 선택할 수 있게 됐다. 부가적인 설명이 있기는 있었다.

'성웅의 길'의 경우는.

〈이 시대가 흠모하며 존경하는 성웅의 길을 향한 발걸음을 내딛습니다. 비록 그 길은 험난하고 어려운 가시밭길이라 할지라도, 그 길은 성웅의 행보라 칭송받게 될 것입니다. 당신은 이 시대의 성웅이 될 충분한 자질을 가지고 있습니다. 본 시스템이 이를 공증합니다.〉

라는 짤막한 설명이 있었다. 그리고 '폭군의 길'의 경우는.

〈정직하고 선한 것만이 능사는 아닙니다. 때로는 포악하고, 때로는 이기적이어야 난세를 헤쳐 나가 진정한 정상의 자리로 향할 수 있습니다. 비록 그 길은 많은 피를 머금을 수 있고 손가락질 받을 수 있지만, 그 길은 만인지상의 자리로 가는 과정일 뿐입니다. 당신은 이 시대의 군왕이 될 충분한 자질을 가지고 있습니다. 본 시스템이 이를 공증합니다.〉

라는 설명이 있었다.

신희현은 안다. 이런 경우 시스템은 거짓말을 하지 않는다. 둘 모두 그에게는 파격적인 제안이라 할 수 있었다.

일단 아이템이든 클래스든 뭐가 됐든 '왕', 혹은 '성웅'과 같은 단어가 들어가면 무조건 좋은 거다.

'첫 번째를 선택하면…… 성웅이 된다는 건가.'

비록 그 과정은 험난하겠지만. 이라는 단서가 붙는다.

'두 번째를 선택해도…… 역시 왕이 될 수는 있어.'

실질적 의미의 왕이 아니라 할지라도 그와 비스끄리무리한 무언가가 될 수 있다는 소리다. 이전 시대에서도 분명히 그런 사람이 있었다. 강유석이 그랬다.

'그러고 보니.'

그러고 보니 강유석이 어쩌면 이러한 경우 아니었을까.

'어떻게 보면 그 미친 또라이가 왕이긴 했어.'

왕이긴 왕이되 폭군이었다. 정말 미친놈이었다. 그래서 결정했다.

적어도 그놈과 같은 놈은 되지 않겠다고. 아무리 힘을 가졌다 하더라도 그런 쓰레기 같은 짓은 하지 않기로 다짐했었다.

"엘렌."

"네."

"나는 성웅의 길을 선택하겠어."

엘렌의 굳었던 표정이 조금 펴졌다.

"저는 플레이어의 선택을 지지합니다."

"너도 내심 이쪽을 바라고 있었던 것 같네."

"저에게 선택권은 없습니다. 다만, 제가 만약 신희현 플레이어였다면 저는 아마도 성웅의 길을 선택했을 것 같습니다."

엘렌의 표정이 조금 어두워졌다.

뭐랄까. 사연이 조금 있어 보인달까.

'엘렌에게…… 내가 모르는 어떠한 과거가 있는 건가.'

굳이 묻지는 않았다. 때가 되면 어련히 알게 될 거라고 생각했다.

시작의 방을 활성화시켰다. 헬퍼를 불러서 '성웅의 길'을 선택하겠다고 말했다.

알림음이 들려왔다.

[성웅의 길을 선택하셨습니다.]
[이후 그 어떠한 방법으로도 취소가 불가능합니다.]

공간이 변했다. 시작의 방은 아니었다. 직사각형의 네모난 방으로 이동됐다. 그리고 엘렌에게서 변화가 일어났다. 엘렌의 금색 눈동자가 하얗게 물들었다.

정말로 중요한 알림의 경우, 파트너를 통해 이렇게 알린다.

"이 시간부로 종료를 명하는 시점까지 저는 시스템의 대리

자의 역할을 수행합니다."

신희현은 고개를 끄덕였다.

"플레이어는 현재 성웅의 길을 선택하셨습니다. 가장 먼저, 성웅의 징표를 플레이어의 목에 새기는 과정을 거쳐야 합니다."

"성웅의 증표?"

그런 거 들어본 적도 없다. 최후의 보상 'HAN'에 이를 때까지도. 단 한 번도 못 들어봤다.

"성웅의 증표는 곧, 성웅의 자질을 공증합니다. 증표 생성의 소요 시간은 약 30분이며 극도의 고통을 동반합니다. 중도 포기도 가능합니다. 그러나 성웅의 행보를 포기하는 것으로 간주, 이는 시스템의 방침상 플레이어 자격의 박탈을 의미합니다."

신희현은 욕하고 싶었다. 뭐 이런 말도 안 되는 경우가 있단 말인가. 이어지는 말이 가관이다.

"증표 수여 과정 진행시 사망 확률은 30퍼센트입니다. 또한 성웅 증표의 효과는 증표가 끝난 뒤에 결정되며 그때 확인이 가능합니다."

신희현은 인상을 찡그렸다. 극도의 고통을 수반하는데, 거기에 30퍼센트의 사망 확률까지 있단다. 그리고 뭐가 좋은지도 지금 당장은 알 수 없었다.

'뭐 이딴 게 다 있어?'

보통 치사율 10퍼센트라 하더라도 사람은 무서워한다. 30 퍼센트면 정말 높은 치사율이다. 막말로 사지로 나가는 것과 다름없다. 확률대로만 친다면 3명 중 1명이 죽는다는 소리 아니겠는가.

'하지만 포기할 수는 없어.'

갈 길이 멀다. 그에게는 최후의 보상 'HAN'이 필요하다.

지금은 아무도 모르고 있지만 10년 내에 HAN을 획득하지 못하면 이 세계는 멸망할 것이다.

그래서 인류는 마지막 결사대를 결성하여 목숨을 걸고 최후의 던전에 도전하지 않았던가.

'죽을 확률 30프로?'

그건 어찌 보면 그렇게 높은 것이 아닐 수도 있다. 앞으로 이 세상은 태평성대가 아닌 대변혁의 세상이 될 테니까.

생각은 길지 않았다. 어차피 포기할 수는 없다. 아무도 없는 거실에서 홀로 살아남아 봐야 의미 같은 거 없다.

"증표를 수락한다."

그리고 이어지는 끔찍한 고통.

신희현은 바닥을 데굴데굴 굴렀다. 벽에 닿았다. 손톱이 빠질 듯 그 벽을 긁었다. 실제로 손톱에서 피가 났다.

온몸이 난도질당하는 것 같았다. 그것도 불로 만들어진 칼

로 말이다. 죽을 것 같았다. 이러다가 정말로 죽을 것 같은
공포가 덮쳐 왔다.

"크아아아악!"

한참 동안이나 비명을 질렀다. 기억이 없었다.

'포기는…… 못 해.'

일반 사람이었으면 진즉에 포기했다.

'죽을 것 같다.'

정말로 죽을 것 같았다. 하지만 그는 일반 플레이어가 아
니다. 최후의 결사대에 속해 있었다. 길잡이였었다. 죽음이
라는 게 언제나 삶 옆에 도사리고 있었다.

'나는 죽어도…….'

죽어도 포기할 수 없다.

"크아아아악!"

하지만 너무나 괴로웠다. 차라리 죽고 싶을 만큼.

"씨바아아알!!!"

욕이라도 하지 않으면 미쳐 버릴 것 같았다. 손톱으로 가
슴을 마구 할퀴었다. 어찌나 세게 할퀴었는지 피가 철철 흘
러내리고 손톱 끝에 핏물이 가득 스며들었다.

'나는…… 나는…….'

살아야만 한다.

'반드시 살 거다.'

외쳤다.

"씨이바아알!!! 나는 살아야만 한다고!!!"

이윽고 엘렌이 무표정한 얼굴로 말했다.

"성웅의 증표 수여 과정 완료했습니다."

신희현을 괴롭히던 끔찍한 고통은 사라졌다. 눈을 들었다. 엘렌에게서 표정은 찾아볼 수 없었으나 하얗게 변한 눈동자에서는 눈물이 뚝뚝 흘러내리고 있었다. 신희현은 몸상태를 확인했다.

'몸이…… 완전히 괜찮아졌다.'

신희현의 오른쪽 귀 아래, 목 언저리에 희미한 문양이 새겨졌다. 황금색의 그 문양은 이내 신희현의 몸속으로 스며들어 버렸다. 겉으로는 아무런 변화도 없었다.

엘렌이 말을 이었다.

"성웅의 증표를 확인합니다. 성웅을 수호할 수호신을 선별합니다. 클래스를 확인합니다. 수호신과의 상성을 확인합니다."

신희현이 고개를 번쩍 들었다.

'수호신이라고? 내가 아는…… 그 수호신? 레벨 24에?'

잠시 시간이 흘렀다.

"영웅급의 수호신이 플레이어와 함께합니다."

거기서 끝인 줄 알았다. 그런데 엘린이 잠시 말을 멈췄다.

시간이 흘렀다. 얼마간 시간이 흘렀을까.

엘렌이 다시 말을 이었다.

"신희현 플레이어는 레벨 100이 되기 전 노블레스 등급 클리어를 2회 달성했습니다. 그에 따른 특전이 주어집니다."

신희현이 엘렌을 쳐다봤다. 특전이라고?

"노블레스 등급 1회당 수호신의 등급이 1단계 상승합니다."

신희현은 안다. 자신은 두 번의 노블레스 클리어를 진행했다. 한 번은 계획된 거고 한 번은 변수였지만, 어쨌든 두 번의 클리어를 한 것은 틀림없는 사실이었다.

"노블레스 클리어 2회 인정. 수호신의 등급이 2단계 상향 조정됩니다."

그도 수호신에 관해 알고 있다. 일부 톱클래스의 플레이어들은 수호신을 가지고 있었다.

그중에서도 가장 유명한 플레이어는 바로 강유석이었었다. 강유석에게도 수호신이 있었다. 그 수호신이 무엇인지는 알 수 없었지만 말이다.

'거기에 2단계 상향 조정이라고?'

모르겠다. 정확하게는 모르겠는데 굉장히 좋은 것 같다는 생각이 들었다. 주먹을 불끈 쥐었다.

'등급의 상향 조정'은 의미하는 바가 크다. 일대일의 상황에서 호랑이와 사자가 싸우면 어느 개체가 이길지 그 누구도 선뜻 말하기는 어렵다.

둘 중 강한 개체가 있기는 있겠지만 말이다.

그런데 호랑이와 강아지가 싸우면 당연히 호랑이가 이긴다. 여기서의 '호랑이'와 '강아지'가 바로 등급의 개념에 가깝다.

등급이 상향 조정된다는 건 강아지가 호랑이가 된다는, 그런 의미다. 심지어 2단계라니.

"2단계 상향 조정으로 인하여 시간이 오래 소요됩니다. 플레이어에게 양해를 구합니다."

"……."

이런 기다림. 얼마든지 할 수 있다. 거의 30분 가까운 시간이 흘렀다. 그리고 나서야 엘렌이 입을 열었다.

"2단계 상향 조정. 임페리얼 노블레스 등급 확정."

신희현은 귀를 의심해야만 했다.

임페리얼 노블레스.

처음 듣는 단어다. 10년간의 우여곡절 속에서도 들어본 적이 전혀 없는 등급이다.

그가 알기로는 등급 중 최상위는 '노블레스'다.

'임페리얼 노블레스가 도대체 뭐냐……?'

엘렌이 말을 이었다.

"빛을 관장하는 밝음의 여신 '라이나'가 신희현 플레이어의 수호신으로 선정되었습니다."

"……."

"그러나 플레이어의 현 상태로는 여신 라이나를 받아들일 수 없습니다."

그리고 머릿속에서 알림음과는 다른 목소리가 들려왔다.

-너냐?

신희현은 깜짝 놀라 주위를 둘러봤다. 아무도 없었다. 이건 마치 마음속에서 들려오는 그런 목소리 같았다.

-아…… 이런 허접한 놈이라니. 짜증 나네.

신희현은 이 상황을 이해하기 어려웠다.

-일단 잘 들어. 딱 한 번만 존댓말 해주는 거고. 딱 한 번만 진행되는 거야. 아씨, 이딴 걸 왜 만들어 가지고.

목소리가 조금 달라졌다. 온화해졌다. 완전히 다른 사람(?) 같았다.

-나는 당신을 비추는 빛이며.

신희현의 몸에서 빛이 났다.

-당신이 비록 험난한 골짜기와 음침한 늪을 지날지라도.

그 빛이 더욱더 커졌다.

-사망의 위협과 무수한 시련이 당신을 향해 그 이빨을 내민다 하더라도.

번쩍!

빛이 빛나는가 싶더니.

─나는 당신을 지킬 것입니다.

그리고 이내 빛이 사그라지기 시작했다.

─또한 나는 당신을 적대하는 모든 세력에게.

목소리가 점점 흐려졌다.

─나의 모든 권능과 힘을 다하여 심판의 철퇴를 내릴 것을 약속합니다. 하지만 그대는 아직 나와 함께할 역량이 부족하······.

몸에서 뿜어져 나오던 빛이 사라졌다. 아무런 일도 없었던 것처럼. 주위는 고요했다. 엘렌만이 하얗게 변한 눈동자를 하고서 자신을 쳐다보고 있었다.

'이건 도대체······?'

꿈이라도 꾼 것 같았다.

"현재 플레이어의 상태로는 라이나 님의 힘을 온전히 감당할 수 없습니다. 따라서 그분은 스스로의 힘을 봉인하였습니다. 이후, 플레이어의 그릇이 커진다면 그분은 플레이어에게 큰 도움을 주실 것입니다."

"새로이 추가된 나의 능력을 확인하는 방법은?"

밝음의 여신.

빛을 관장하는 라이나.

그건 아직 잘 모르겠다. 그런데 성웅의 증표 효과는 지금 알아볼 수 있을 것 같았다.

"특별 상태창을 활성화시키겠습니다. 현 시간부로 특별 상태창 활성화 명령어를 입력하시면 상시 확인이 가능합니다."

확인해 봤다.

⟨성웅의 증표⟩

성웅의 길을 스스로 선택한 자에게 주어지는 숙명의 증표

효과:

　　(1) 솔로 플레잉 시 경험치 20프로 상시 추가 획득

　　(2) 파티 결성 시, 파티원 전체 경험치 5프로 추가 획득

　　(3) 영웅급 수호신과의 계약 진행

이렇게 세 가지였다. 신희현은 두 눈을 끔뻑거렸다.

'경험치 20프로 상시 추가 획득?'

엄청난 거다. 상위 레벨 몬스터를 사냥해야만 주는 추가 경험치량이다. 신희현은 룰 브레이커를 가지고 있다.

룰 브레이커를 가지고 상위 레벨 몬스터를 잡으면 20퍼센트 추가 경험치에 성웅의 증표로 인한 경험치 20퍼센트가 추가로 지급된다. 남들이 100경험치를 얻을 때, 신희현은 140

의 경험치를 얻는다는 소리다.

　죽음을 각오할 만큼의 고통을 견딘 것에 대한 보상인 것 같아 기뻤다. 그런데 그 기쁨을 만끽하기도 전에 엘렌이 계속해서 말했다.

　"신희현 플레이어에게, 진명 각성을 강력하게 권고합니다."

　"어째서?"

　"진명을 갖지 않은 자는 성웅의 자격이 없습니다. 30분 내에 진명으로의 각성을 끝내지 못한다면 플레이어의 자격이 박탈됩니다."

　신희현은 빠르게 결정했다.

　"시작의 방을 탈출하고 각성의 방을 활성화시키겠다."

　잠시 미뤘던 각성의 방에 바로 입장하기로 했다.

　30분의 시간이 있다. 진명 각성을 하기에 여유로운 시간이다.

　"각성의 방 활성화."

　정말 간단하다. 이 명령어만 알면 쉽다.

[각성의 방이 활성화됩니다.]

그런데 이 명령어를 알기가 쉽지 않다는 게 문제지.

만약 신희현이 명령어를 몰랐다면.

'그랬다면 나는 그 생고생을 해놓고 플레이어 자격이 박탈되었겠지.'

생각해 보면 뭐 이딴 시스템이 다 있나 싶을 정도다.

'그러고 보니……'

맨 처음 한 플레이어가 어떤 던전을 클리어하면서 '각성의 방 활성화'라는 명령어를 알게 되었다고 한다.

덕분에 그 플레이어는 돈방석에 앉았었다. 진명 각성 방법을 최초로 획득했고 그것이 공공연하게 퍼지기 전까지 그 방법을 비싼 값에 팔았었으니까.

'몇몇 공략을 풀어서 장사도 해야 돼.'

당장 10년 뒤면 세계가 멸망하게 생겼는데, 부와 명예가 그렇게까지 중요한 건 아니다. 하지만 돈은 많으면 많을수록 편하다. 이후, 꼭 필요한 아이템을 구하는 것에도 큰 도움이 될 테고.

어쨌든 각성의 방이 활성화되었다. 시작의 방과 별로 다를 것 없었다.

어두운 공간.

이곳이 방인지 아닌지 구별조차 되지 않는 공간. 이제 이곳에 누군가가 나타날 거다. 정확한 이름은 모르지만 사람들은 그를 일컬어 '각성할배'라고 불렀었다.

'슬슬 나타날 때가 되었어.'

나오는데 약 3분 정도의 시간이 소요된다.

엘렌은 불안한지 입술을 자꾸만 깨물었다. 그냥 뒀다. 어차피 3분이 지나면 각성할배가 나타나서는.

진명으로의 각성을 원하는가?

라고 물을 테니까.

"진명으로의 각성을 원하는……."

신희현이 말을 잘랐다.

"예, 지금 당장. 부가 조건 없습니다. 저는 진명으로의 각성을 간절하게 원합니다. 할아버님께서는 저의 이 간절한 마음을 알고 계실 겁니다."

어차피 쓸데없는 말이다. 몇 가지 레퍼토리가 있다.

각성을 원하는가? 이 길은 어렵고 힘들 수도 있다라든가, 그 길을 열심히 빛내라든가, 모든 여정에서 자신만의 가치를 찾으라든가.

하여튼 뭐 그런 얘기들을 해준다. 들으나 마나 한 소리다.

그런데 이번에는 조금 달랐다.

"자네, 이름이 뭐지?"

"신희현입니다."

신희현은 가성할배를 쳐다봤다.

뭐야, 갑자기.

'예전과 다르다?'

각성의 방에서 각성할배가 이름을 물어본 건 처음이다. 이런 거 들어본 적도 없다.

"자네에겐 내가 감히 상상할 수도 없는 커다란 힘이 느껴지는군. 이건 뭐지? 뭔가 불끈불끈 힘이 솟고 있는 그런 느낌이야."

"……."

각성할배가 엘렌을 힐끗 쳐다보며 말했다.

"엄청난 파트너를 뒀어. 아주 복 받았구만? 아주 강해."

그리고 말을 이었다.

"이러한 힘을 지닌 자네에게…… 부탁이 있네."

"진명 각성부터 해주시면 안 될까요?"

각성할배가 고개를 저었다.

"아니, 내 부탁을 먼저 들어주면 각성을 도와주겠네."

젠장.

신희현은 인상을 찡그렸다. 과거와는 뭔가 달라졌다. 각성할배는 그 성정을 건드리면 안 된다. 죽어도 자기 고집을 꺾지 않는 사람이다.

'시간이 23분밖에 없는데.'

마음이 급해졌다. 신희현이 물었다.

"부탁이…… 뭡니까?"

"내게는 큰 힘이 필요하다네. 아주아주 큰 힘 말이야."

원래대로라면 '닥치고 부탁해라!'처럼 스킵하며 진행했을 것이다. 그러나 그게 불가능해졌다.

'젠장.'

다행히 각성할배의 말은 길지 않았다.

"내가 부탁할 것은……."

현재 남은 시간 21분 48초.

퀘스트가 발동되었다.

10장
앰플러스 네임

신희현은 황당했다. 솔직한 말로 각성할배의 뒤통수를 한 대 후려치고 싶었다.

[퀘스트 '각성할배의 힘을 회복시켜라!'가 발동되었습니다.]

각성할배의 용건은 이거였다.

정력에 탁월한 뭔가를 구해다 달라.

그래서 힘이 필요하다 뭐다 한 거다.

처음 들었을 때, 신희현은 '각성할배의 각성이 그 각성입니까?' 하고 묻고 싶을 정도였다.

아까부터 힘 타령을 하더니 그 힘이 이 힘인가 싶기도 하고. 하여튼 저놈의 정력 때문에 이렇게 가슴 졸였다는 것이 어이없었다.

하지만 운은 좋았다. 결과만 놓고 말하자면 신희현은 만세를 부를 뻔했다.

'이건…… 순전히…… 내 행운이다.'

정말 운이라고 밖에는 표현할 길이 없었다. 각성할배가 이토록 힘을 필요로 하는 주민인지는 몰랐다. 그건 몰랐으되 한 가지는 안다.

"정력에 매우 매우 좋은…… 독 개구리의 독주머니입니다."

독 개구리의 독주머니는 특별한 약으로 만들어 사용할 수 있다. 그리고 신희현은 저번에 우연찮은 기회-최용민, 김상목과의 조우-로 인해 독주머니 5개를 소유하고 있다.

"아주 즉각적이고 탁월한 효과를 자랑하지요."

"응?"

물론 지금은 아니다.

"이것을 특별한 방식으로 정제하면 정력에 매우 좋은 약이 됩니다. 정력에는 개구리죠."

"특별한 방식이라면……?"

"그 방법은 물약 상점의 유이가 알고 있을 겁니다. 시간만 넉넉히 주신다면 제가 당장에라도 만들어 오겠습니다."

"나는 아주 급하네. 오늘 당장 쓸 일이 있어."

신희현도 말하고 싶었다.

나도 아주 급합니다. 내게도 시간이 없어요.

이제 20분도 안 남았다. 하지만 겉으로는 여유로운 척 했다.

"지금 당장 다녀오겠습니다. 그런데……."

급한 내색을 전혀 하지 않았다. 표정을 관리했다.

"제가 가면 말입니다."

신희현의 표정이 조금 비굴해졌다. 엘렌은 그런 신희현을 쳐다봤다. 그녀는 또 신희현을 이해할 수 없었다. 평소랑은 완전히 다른 표정 아닌가. 저 플레이어가 비굴한 표정을 지을 수 있는지 처음 알았다.

"높으신 할아버님께서 가시면…… 즉시에 만들어주겠지만, 제가 가면 아마 한나절 정도 시간이 걸릴 겁니다. 아, 아쉽군요. 이렇게 효과가 좋은 것이 있는데 시간이 그토록 오래 걸릴 줄이야……."

"어, 그런가?"

각성할배는 그것도 그렇겠군 하고 고개를 끄덕였다.

"할아버님께서는 높으신 안목을 갖고 계시니…… 저의……."

뭐라고 말할까 고민하다가 각성할배에게 잘 먹힐 것 같은 말을 떠올렸다.

"놀랍도록 불끈불끈 솟아오르는 힘을 알아보셨지만 유이
는 아닐 겁니다."

"흠……."

'그것도 그렇겠군' 하고 각성할배는 흐뭇한 웃음을 지
었다. 자신을 알아봐 주는데 그 누가 싫어하겠는가. 괜스레
어깨에 힘이 들어갔다.

"알겠네. 그럼 그것을 내게 건네주게. 내가 아주 고맙게
잘 쓰겠네."

황당한 퀘스트가 반쯤 완료되었다. 안도의 한숨을 내쉬
었다. 만약 미래의 지식을 갖고 있지 않더라면? 생각만 해
도 아찔하다. 각성할배는 유이에게 당장 갔다 오자면서 걸음
을 옮겼다.

'이 새끼야, 내 진명부터 활성해 주고 가든가 해라!'

외치고 싶었지만 참았다. 남은 시간 19분 26초.

'침착하자. 아직 시간은 충분해.'

따라 걸었다. 각성할배의 걸음은 정말 느렸다. 물약 상점
에 도달한 각성할배는 유이에게 독주머니를 활용하여 정력
제를 만들 수 있느냐고 물었고 유이가 그렇다고 대답했다.
시간은 3시간 정도 걸린다고 했다.

신희현이 선수를 쳤다.

"유이, 효과는 정말 탁월하지? 즉각적이고 아주 뛰어나. 그렇지?"

"맞아. 그런데 너는 그걸 어떻게 알고 있어? 나도 최근에 야 알게 된 방법인데. 곧 공개할 예정이었고."

"우리 고향에는 정력제로 개구리를 먹거든. 우리 고향에 서는 흔한 일이야."

물론 아니다. 거짓말이다.

"흠…… 어쨌거나 할아범 부탁이니까 금방 만들어줄게. 아까도 말했지만 3시간 정도 걸려. 그 정도는 기다릴 수 있 지?"

유이의 허락이 떨어졌다. 각성할배가 신희현의 두 손을 잡 았다.

"고맙네, 고마워. 내 자네라면 충분히 해낼 수 있을 거라 고 생각했지. 각성을 도와주겠네."

"……감사합니다."

감사하긴 개뿔. 남은 시간을 보니 약 2분 정도다. 더 늦었 으면 성웅이고 뭐고 다 날아갈 뻔했다.

알림음이 들려왔다.

[퀘스트 '각성할배의 힘을 회복시켜라!'가 클리어되었습니다.]

덕분에 진명 각성 작업을 시작할 수 있게 됐다.

[진명 각성화 작업을 시작합니다.]
[파트너: 엘렌을 확인합니다.]
[진명: 소환사를 확인합니다.]

진정한 의미의 제휴 각성이 시작되었다. 엘렌의 몸이 떠올랐다. 백색 날개가 펼쳐졌다. 그녀의 몸이 황금빛으로 빛나기 시작했다.

[플레이어의 신체 내에 거대한 잠재력을 확인합니다.]
[성웅의 증표를 확인합니다.]
[임페리얼 노블레스 등급의 수호신을 확인합니다.]

각성할배가 더듬거렸다.

"이, 이, 이건 도, 도대체 뭐지?"

어찌나 놀랐는지 입을 쩍 벌렸다.

"도대체 자네의 몸 안에…… 어떤 힘이 있는 건가? 뭐, 뭐, 뭐가 자네를 수호하고 있는 것인가? 나로서는 감히 측량

조차 할 수가 없어."

['빛을 관장하는 밝음의 여신 라이나'의 의지가 신희현 플레이어의 각성을 돕길 원합니다.]
[라이나의 도움을 얻길 원하시면 Y를, 거부하길 원하시면 N를 선택하여 주십시오.]

신희현은 상황을 순간 이해하지 못했다. 이런 경험, 그도 완전히 처음이다.

각성할배가 이상한 퀘스트를 내주는 건 그렇다 치더라도 수호신이 제휴 각성을 돕는다니.

밝음의 신 라이나.

대화도 제대로 해본 적이 없지만 그녀가 자신의 각성을 돕고 싶어 한다고 했다.

'뭐가 어떻게 돌아가는 거야?'

수호신이라고 해서 모두가 플레이어를 위한 행동을 하는 건 아니다. 개중에는 자신의 욕심을 채우려는 수호신들도 있다.

말이 수호신이지 악령인 경우도 있다는 뜻이다. 심하면 플레이어의 육신을 빼앗고 폭주하는 경우도 있다.

'라이나는 어떤 쪽이지?'

결정을 내려야 했다. 자신이 설계한, 자신이 생각하기에 이상적인 그 길과, 뭔가 있어 보이기는 하지만 도박성을 가진 이 길.

'나는…….'

신희현은 뭔가 목소리를 들은 것 같은 기분이 들었다.

―지금 너 따위가 감히 나를 판단하려 드는 거야? 나를 뭐로 보는 거야?

정확하게 들은 건 아니었다. 그냥 기분이 그랬다. 주위를 둘러봤다.

뭐지? 환청인가.

고개를 갸웃했다.

'빛을 관장하는 밝음의 여신.'

대부분의 경우, 이름이나 별칭 등은 곧 성향을 의미하곤 한다. 완전히는 아니어도 어느 정도 성향을 파악할 수 있는 근거가 된다는 소리다.

'나는…….'

짧은 시간이지만, 고민하고 또 고민했다. 그리고 결국 선택했다. 길잡이로서의 그의 직감이 'Y'가 맞다고 외치고 있었다.

그는 Y를 선택했다.

['빛을 관장하는 밝음의 여신 라이나'의 도움을 얻는 데에 동의했습니다.]

[진명 각성 과정에 진입합니다.]

허공에 떠오른 엘렌의 빛이 더욱더 밝게 빛나기 시작했다.

띵! 띵! 띵! 띵!

경고음이 울리기 시작했다. 신희현이 싫어하는 머리를 아프게 만드는 경고음. 머리가 아파왔다. 뭔가 위험한 것이 있을 때에 울리는 이 경고 알람은 사람을 묘하게 긴장하게 만들고 초조하게 만든다.

그리고 알림이 이어졌다.

[플레이어의 능력을 지나치게 초과하는 잠재력을 가진 각성 과정입니다.]

[위험합니다. 플레이어의 능력을 지나치게 초과하는 잠재력을 가진 각성 과정입니다.]

신희현이 비명을 지르기 시작했다.

"으아아아아악!"

온몸을 불로 지지는 것 같았다. 처음에는 그렇다가 이내 온몸을 칼로 벤 다음 그 상처를 불로 지지는 것 같은 끔찍한 기분이 들었다. 바닥을 데굴데굴 굴렀다.

[진명 각성 과정이 진행 중입니다.]

성웅의 증표를 받을 때에 느꼈던 고통도 죽을 것 같았지만 이번 고통은 더했다. 너무 괴로워서 욕조차도 할 수 없었다.

하지만 버티고 또 버텼다. 그에게는 죽으면 안 되는 이유가 너무나도 명확한 이유가 있었으니까.

내 옆의 사람들이 하나하나 사라져 가는데 나는 아무것도 할 수 없는 그 끔찍한 기분을 이미 여러 번 겪어봤으니까.

그런 경험은 한 번이면 족했다.

그때 알림음이 또 들려왔다.

[강인한 정신력을 확인합니다.]

그 와중에 축하 알림음이 들려왔다.

[축하합니다!]

[패시브 스킬: '불굴의 의지'가 생성되었습니다.]

　그런데 거기서 끝이 아니었다. 일반적인 각성 과정과는 너무나도 다른 상황이 신희현에게 벌어졌다.

　신희현은 정신을 잃었다. 그 와중에.

　─아씨, 짜증 나.

　하고 라이나가 투덜거렸다. 물론 신희현은 듣지 못했다.

　─너 살리느라 힘 엄청 썼잖아. 이 멍청한 놈이 진짜. 콱 죽일 수도 없고.

　라이나는 신희현이 정신을 잃은 것을 기회 삼아 쉴 새 없이 투덜거렸다.

　─근데 이 멍청이는 언제 깨어나지?

　목소리가 조금 가라앉았다.

　─뭐가 널 그렇게까지 필사적으로 만드는 거야? 보면 볼수록 신기한 녀석이네. 흥미로워. 아주아주 많이 흥미로워. 원래대로면 두 번은 죽었어도 이상하지 않은 건데. 뭐, 죽다 살아난 경험이 여러 번 있는 건가?

　목소리가 조금씩 작아졌다.

　─날 제대로 만나려면 시간이 오래 흘러야 할 거야. 얼른 성장해 보라고. 옆에서 네 녀석을 지켜보는 것도 나름 재미있으니까 말이야. 물론! 어디까지나 나름, 나름이라는 거야.

그렇게 막 재미있지는 않으니까 하여튼 빨리 커라.

신희현이 정신을 차렸다. 뭔가 푹신한 느낌이 느껴졌다. 몸을 일으켰다.

"신희현 플레이어, 괜찮습니까?"

"음⋯⋯."

어지러웠다. 몸도 정신도 정상은 아니었다. 엘렌의 눈부신 미모마저도 눈에 들어오지 않았다. 그랬다가 이내 깨달았다.

'뭔가 푹신하다.'

얼마 지나지 않아 이유를 알게 됐다.

'엘렌의 허벅지를 베고 누워 있었다?'

여기는 침대. 엘렌은 거의 무표정한 얼굴이었다. 하지만 예전의 무표정함과는 약간 달랐다. 정확하게 뭔지는 잘 모르겠는데 신희현은 엘렌의 표정이 평소와는 약간 다르다고 느꼈다.

신희현이 물었다.

"나 얼마 동안 정신을 잃고 있었어?"

"3시간 정도 됐습니다."

"진명 각성은 제대로 된 거고?"

"그렇습니다."

신희현은 뒷목을 잡고 주물럭거렸다.

"정말 괜찮은 것 맞습니까? 어디 아프신 건 아닙니까?"

"어, 괜찮아. 그보다 설명 좀 해봐. 내 진명에 관해서."

"돌아앉으십시오. 제가 안마해 드리겠습니다."

신희현은 순간 이상함을 느꼈다. 진명에 관한 설명이 먼저일 텐데. 파트너에겐 그게 제일 중요할 텐데 갑자기 웬 안마?

"됐어. 파트너가 무슨 안마야. 시종도 아니고."

"할 수 있습니다. 지금 제가 안마를 하지 못한다고 업신여기는 것입니까? 저의 능력을 평가절하 하는 것입니까?"

"아니, 못한다고 무시하는 게 아니라⋯⋯."

그게 어떻게 그렇게 되냐.

신희현은 인상을 찡그렸다.

엘렌의 표정이 지나치게 진지, 아니, 필사적이어서 그냥 그러라고 했다.

"그래그래, 네 마음대로 해라."

엘렌이 안마를 시작했다.

"아프지는 않습니까?"

"어, 괜찮아."

엘렌이 설명을 이었다.

"알림을 반복하겠습니다."

빛을 관장하는 밝음의 여신 라이나의 도움과 이상한 퀘스트를 치러가며 얻어낸 진명 각성. 그에 관한 알림음이 이어졌다. 아마도 라이나와 관련이 되었을 거라고 짐작되는 알림들도 있었다.

[미지의 힘이 신희현 플레이어를 보호합니다.]
[각성의 방 규격을 지나치게 초과하는 거대한 힘으로 판정됩니다.]
[사망 확률이 현저하게 줄어듭니다.]
[사망 확률이 0에 수렴합니다.]

신희현이 물었다.
"미지의 힘이라는 건…… 라이나의 힘인가?"
"저도 확언할 수 없습니다. 다만, 규격을 벗어나는 거대한 힘이라는 것은 확실합니다. 그 외에는 제게도 정보가 없습니다."

['진명: 소환사' 각성이 완료되었습니다.]
[빛을 관장하는 밝음의 여신 라이나의 문양이 주어집니다.]

신희현의 오른쪽 귀 밑에, 문신 같은 것이 생겼다. 태양을 형상화한 것 같았으며 그 색깔은 황금색이었다.
그런데 거기서 끝이 아니었다.

[영웅의 증표를 확인합니다.]

[라이나의 문양을 확인합니다.]

[영웅의 증표와 라이나의 문양이 시너지 효과를 일으킵니다.]

황당한 알림이 이어졌다.

[업적을 산정합니다.]

업적을 산정한다? 갑자기?

신희현은 침을 꿀꺽 삼켰다.

'이건…… 설마!'

신희현은 이 내용을 알고 있다.

'설마 앰플러스…… 네임 관련 알림인가?'

아무래도 관련이 있는 것 같다.

[현 플레이어의 진명을 확인합니다.]

그런데 단순히 관련이 있는 알림이 아닌 것 같았다.

'단순히…… 앰플러스 네임과 관련된 알림이라고 보기에
는…….'

그는 앰플러스 네임이 주어질 때 어떠한 알림음이 들리는

지 알고 있다.

플레이어의 진명을 확인하고.

[현 플레이어의 업적을 확인합니다.]

플레이어의 업적을 확인한다. 그리고.
'어떤 업적을 달성했는지 공식적으로 알려줘.'

[노블레스 등급 연속 2회 클리어가 확인됩니다.]
[임페리얼 노블레스 등급 수호신이 확인됩니다.]

그러고 나서.
'그 외 기타 사항들을 나열해.'

[성웅의 증표와 라이나의 문양을 확인합니다.]
[놀라운 정신력을 인정받았습니다.]

마지막으로.
'최종적으로…… 앰플러스 네임이 선정된다.'

[앰플러스 네임을 선정합니다.]

신희현의 몸이 굳었다. 아무것도 하지 못했다. 손발이 덜덜 떨려왔다. 말도 안 된다. 스스로 생각해도 말이 안 되는 거다. 레벨 24에, 진명 각성을 하자마자 앰플러스 네임이 주어진다니. 이런 거, 상상도 해본 적 없다.

[축하합니다! 앰플러스 네임을 획득하였습니다!]
[앰플러스 네임 '빛의 성웅'이 성립됩니다.]

설마설마했는데 앰플러스 네임이 정말로 주어졌다.

'응?'

뭐냐, 이 요상한 이름은……?

완전히 처음 듣는 이름이었다.

'처음 듣는 앰플러스 네임이다.'

과거에도 앰플러스 네임을 가진 플레이어들은 분명 존재했다. 그러나 그의 기억에 의하면 '빛의 성웅'이라는 앰플러스 네임은 없었다.

신희현이 물었다.

"엘렌, 내 앰플러스 네임에 대한 부가 설명은 없어? 칭호 효과라든지?"

"물론 있습니다."

신희현이 고개를 돌렸다.

"뭔데?"

뒤에서 어깨를 주무르고 있던 엘렌과 거의 입술이 닿을 뻔했다. 마침 엘렌이 숨을 내뱉고 있었다. 숨결이 닿았다.

"어, 미안."

"뭐가 말입니까?"

"부딪칠 뻔했잖아."

"그 정도 속도로는 부딪혀도 아프지 않습니다. 사과하지 않으셔도 됩니다."

"……어, 그래."

"신희현 플레이어의 행동을 이해할 수 없군요."

엘렌은 진지한 표정으로 신희현을 쳐다보기만 했다. 신희현의 눈썰미로도 알아볼 수 없었다. 엘렌의 목 뒷덜미가 아주 미세하게나마 붉어져 있다는 것을.

신희현이 물었다.

"그래서, 내 앰플러스 네임의 효과가 뭔데?"

"확인하겠습니다."

시간이 조금 흘렀다. 언제나 그렇듯, 엘렌은 무표정으로 말했다.

"앰플러스 네임, 빛의 성웅을 하사받은 플레이어는 밝음의 여신 라이나 님의 축복을 받습니다."

"그래서?"

"밝음의 여신 라이나 님은 임페리얼 노블레스 등급의 수호신입니다."

"그런데?"

"비록 불완전하기는 하지만 임페리얼 노블레스 등급의 수호를 받는 플레이어는 엄청난 특혜와 권리를 가질 수 있습니다. 물론 그에 따른 막중한 책임이 동반됩니다."

신희현은 슬슬 답답해졌다. 아까 들었던 말이 아닌가.

"그러니까 하고 싶은 말이 뭔데?"

할 수만 있다면 '스킵! 스킵! 스킵!'을 외치고 싶었다.

"빛의 성웅의 효과는……."

잠시 말을 끊었다. 신희현은 엘렌의 심리 상태를 눈치챌 수 있었다. 아무래도 엘렌 역시 이해를 잘 못 하는 것 같았다.

"개척…… 입니다."

신희현은 인상을 찡그렸다.

그게 뭔 개똥같은 소리야?

"개척?"

"앰플러스 네임과 성웅의 증표, 수호신 라이나. 이 세 가지 항목이 서로를 간섭하여 만들어진 최종 형태의 효과입니다."

신희현은 생각에 잠겼다.

개척이라.

'들어본 적은 없어.'

하지만 알 것 같았다. 서당 개 3년이면 풍월을 읊는다고
했다. 이 시스템, 거의 10년을 겪어왔다.

"플레이어는 세 가지 요소를 고려하여 스스로의 길을 개척
해 나가야만 합니다. 일전에 공지했듯, 시스템의 간섭은 최
소화될 것이며 플레이어에게는 막대한 권리와 막중한 책임
이 공존합니다."

신희현이 고개를 끄덕였다. 엘렌은 감을 못 잡고 있지만
신희현은 다르다.

"뭔지 대충 알 것 같아."

엘렌은 신희현을 쳐다봤다. 엘렌은 이 앰플러스 네임을 이
해할 수 없었다. 이렇게 두루뭉술한 효과를 가진 앰플러스
네임이 있다니.

애초에 앰플러스 네임에 관한 정보도 별로 없기는 하지만,
어쨌거나 이건 너무 이상했다.

신희현이 말했다.

"나는 이게 뭔지 알 것 같기는 하거든."

그런데 일단 그것보다 먼저 해결해야 할 것이 있었다.

"수련의 방에 들어가 봐야겠어."

"수련의 방 말입니까?"

"그래."

진명을 각성했으니까,

"내 진명이 뭔지, 어떤 능력과 스킬을 가지고 있는지 정확하게 알아야 하잖아."

신희현이 씨익 웃었다. 일단 부딪치기로 했다. 강유석의 클래스가 정말로 '소환사'가 맞았었는지. 그걸 확인할 수 있을 거다.

순차적으로 하나하나 해가기로 했다. 수련의 방에 들어가면 1차적으로 그걸 확인해 볼 수 있을 거다.

강유석이 가졌었으리라 짐작되는 엘렌과의 제휴 각성을 통해 각성하는 소환사에게 어떤 능력이 있는지 말이다.

신희현이 말했다.

"수련의 방 활성화."

11장
소환 영령

수련의 방을 활성화했다. 귀에 익은 목소리가 들려왔다.

"안녕? 안녕? 안녕? 나는 네 수련을 도울 미나라고 해."

미나는 가이드들 중에서도 가장 발랄한 가이드다.

놀이공원에서나 낄 법한 고양이 귀가 달린 머리띠를 하고 있는, 키만 보면 작은 소녀 같은 인간형 가이드다. 소녀처럼 보이기는 하는데, 가슴은 굉장히 컸다.

키는 작지만 볼륨감이 넘쳤고 적당한 근육 덕에 탄력 있는 몸매의 소유자였다. 몸에 딱 붙는 가죽옷을 입고 가죽부츠를 신고 있는데.

'여전하군.'

신희현은 안다. 저렇게 어린 형상을 하고 있으면서 남자를

무지하게 밝히는 가이드다. 시작의 마을 물약 상점 캘리보다도 더 밝힌다.

캘리는 못생겼지만 미나는 예쁘다. 실제로 많은 남자 플레이어가 미나와 잠자리를 가졌다. 다만, 미나와 잠자리를 가지면 그 이후, 레벨 업에 있어서 상당한 불이익을 받게 된다. 시스템 초기에 많은 플레이어가 이 불이익을 겪었다.

은은한 향수 냄새, 어린 소녀의 얼굴을 하고 있지만 묘하게 색정적인 눈빛과 자태.

불이익이 있는 걸 모르는 남자라면 한 번쯤은 넘어갈 법했다.

엘렌이 한 발자국 앞으로 움직였다.

'어라?'

우연인지는 모르겠는데 엘렌이 묘하게 신희현과 미나 사이에 섰다. 그러니까 미묘하게 가렸다는 소리다.

신희현이 말했다.

"수련의 마을에 들어가길 원해."

"모르나 본데 수련의 마을에 들어가려면 나와 키스를 해야 해."

신희현이 어깨를 으쓱했다.

"미안한데 나는 애인이 있어서 말이야."

그래도 캘리와 마찬가지로 미나 역시 양심적인(?) 가이드다. 아무리 플레이어가 마음에 들었다 하더라도 그 플레이어에게 애인이 있으면 건드리지 않는다.

다만, 증거를 제시해야 했다. 사진이 됐든 뭐가 됐든. 신희현에게 그런 증거가 있을 리 없지.

신희현이 씨익 웃었다.

이럴 때를 대비해서 파트너가 있는 거지. 암, 그렇고말고.

"엘렌."

신희현이 엘렌의 허리를 감싸 안고 끌어당겼다.

"……."

엘렌은 아무 말도 하지 않았다. 그녀는 여전히 무표정. 하지만 그녀의 오른쪽 눈썹이 파르르 떨렸다. 자세히 보면 두 개의 날개도 미세하게 떨리고 있었다.

"헐! 헐! 헐! 설마! 설마! 플레이어랑 파트너랑 연애하는 거야?"

미나는 제자리에서 깡총깡총 뛰면서 신기함을 토했다.

"어! 자세히 보니! 날개가 파르르! 파르르! 떨리고 있어!"

혼자서 결론을 내렸다.

"사랑하는 낭군님한테 안겨 있어서 가슴이 떨리고 설레는 거야? 아, 좋겠다! 그런가 보다!"

그러면서 또 물었다.

"그러면 혹시 둘이 키스라든가…… 이런 거라든가…… 저런 거라든가…… 해봤어?"

신희현이 말했다.

"너도 알다시피…… 다 큰 남녀가…… 같은 침대에 누웠어. 시작은 내가 엘렌의 무릎에 누워서 시작했지."

미나가 침을 꿀꺽 삼켰다.

"그래서? 그래서 그다음은?"

"그다음은 어깨였어."

"어깨?"

"어깨부터 부드럽게 만지기 시작했어."

물론, 엘렌이 만졌다.

"조금 아프냐고 물어보기도 했지."

주어를 생략했다. 신희현이 물은 게 아니라 엘렌이 물었었다. 아프지 않냐고. 이 정도면 괜찮냐고.

"너도 여자니까 알잖아. 더 이상은 내 여자에게 실례야. 여기까지만 말할게."

신희현의 말이 거짓은 아니다. 실제로 같은 침대에 누웠었고 엘렌이 신희현의 어깨를 주물러 줬다. 안마를 해줬으니까.

미나의 얼굴이 빨갛게 달아올랐다. 숨소리가 거칠어졌다.

신희현이 엘렌에게 말했다.

"그렇지? 엘렌? 너는 거짓말 못 하잖아, 천족이니까."

'응, 응. 맞아, 맞아' 하고 미나는 침을 꼴깍 삼키며 엘렌을 쳐다봤다. 엘렌은 고개를 끄덕였다.

"신희현 플레이어의 말은 모두가 사실입니다."

거짓은 아니다. 침대에 누운 것도 사실이고 자신의 다리를 베고 누운 것도 사실이다. 안마를 해준 것도 맞고.

"에이, 어쩔 수 없네."

미나는 한숨을 내쉬었다.

"안내를 도와줄게."

"……."

수련의 마을에 들어섰다. 신희현이 엘렌을 뒤돌아봤다.

"엘렌, 설명 안 해? 원래대로면 설명해야 하잖아."

"설명할 필요가 있습니까?"

"아니, 어차피 다 알긴 아는데…… 그래도 네가 설명을 안 하니까 이상하잖아. 원칙주의자인데."

"……."

"왜 그래?"

"그렇게 고리타분한 여자는 아닙니다."

……음?

신희현은 고개를 갸웃했다. 고리타분한 파트너도 아니고, 고리타분한 여자가 아니란다. 미묘하게 평소와는 약간 다른 것 같았다.

"……왜 그렇게 보십니까?"

"아냐, 아무것도."

걸음을 옮겼다.

"우리가 가장 먼저 찾아갈 사람은 수련의 신전 사제야."

거기서 진명을 직접 확인하고 진명에 관한 정확한 정보를 얻을 수 있을 거다. 시간이 조금 흘렀다.

"신희현 플레이어."

"어?"

"저는 파트너입니다."

"근데?"

"신희현 플레이어의 여자가 아닙니다."

신희현은 키득키득 웃고 말았다.

뭐야, 아까 그 말 아직도 신경 쓰고 있었던 건가.

"나도 알지. 아까 그렇게 이용해서 미안해. 정정할게. 너는 여자이기 전에 내 파트너야."

"……."

엘렌이 고개를 끄덕였다.

"알겠습니다. 저는 파트너입니다."

신희현은 고개를 갸웃했다. 뭔지는 잘 모르겠지만 엘렌, 뭔가 마음에 안 들어 하는 것 같은데…… 라고 생각할 무렵.

수련의 신전에 도착했다. 그런데 또 예상하지 못했던 일이 벌어졌다.

"오오, 이럴 수가!"

신전 사제가 갑자기 무릎을 꿇었다. 그리고 눈물을 흘리기 시작했다.

"……뭡니까?"

수련의 마을 정중앙에 위치한 수련 신전.

그곳의 사제는 플레이어를 별로 좋아하지 않는다. 그의 마음에 들기 위해서는 몇 가지 퀘스트를 거쳐야 하는데 이상하게도 이번에는 그런 과정이 없었다.

"성스러운 기운이 느껴집니다."

나한테……?

신희현은 고개를 갸웃했다. 빛을 관장하는 밝음의 여신 라이나라더니. 뭔가 있기는 있는 것 같았다.

'라이나 때문인 건 확실한데.'

좋게 작용할 것 같기는 했다. 신희현이 물었다.

"저는 진명과 관련한 스킬들을 얻고 배우고 싶습니다. 어떻게 해야 하지요?"

"미천한 제가 감히 어떻게 존귀하신 분을 가르칠 수 있단 말입니까?"

아니, 그러니까 그만 울고 고개 좀 들고 나를 좀 보라고, 이 아저씨야.

신희현은 인상을 찡그렸다.

소환 영령 287

뭐랄까. 과거로 돌아온 이후 제일 어려운 난관에 부딪혔다고나 할까. 말도 안 하고 울기만 하고 있다.

진명을 각성했다. 이제 그럼 그에 관한 스킬들을 배워야 하는데 사제가 이 모양 이 꼴이라니.

신희현은 겸손한 척했다.

"저는 갓 진명 각성을 한 풋내기 플레이어입니다."

그 말에 엘렌은 저도 모르게 신희현을 쳐다봤다. 그녀의 표정은 언제나 그렇듯 무표정했지만 그녀의 눈빛에는 불신이 가득 서려 있었다.

'풋내기 플레이어……?'

그 풋내기 플레이어가 이상한 플레이를 시작했다.

황당했다. 어떻게 자기 입으로 저렇게 뻔뻔할 수 있단 말인가. 어떻게 저렇게 뻔뻔할 수 있단 말인가!

무슨 풋내기 플레이어가 노블레스 등급 클리어를 2회나 하고 급속도 성장을 일궈내고 있단 말인가.

거기에 임페리얼 노블레스 등급 수호신 라이나의 도움까지 얻고 있는 플레이어라니.

저 플레이어 대단하기만 한 줄 알았더니 얼굴도 여간 두꺼운 게 아니었다.

'정말…… 저 플레이어는…….'

그냥 뭔가 정의를 안 내리는 편이 정신 건강에 이로운 플레이어라고 엘렌은 정의 내렸다.

신희현이 사제를 일으키며 말했다.

"그러니 사제께서는 과도한 예를 거두시고 저를 좀 도와주시지요."

"제가 어찌 감히……!"

신희현은 또 인상을 찡그렸다.

이봐, 나를 도우라고. 존귀하신 분이면 날 도와야 할 것 아냐.

그래도 신희현은 산전수전을 다 겪은 베테랑이다. 이럴 때에 맞는 적절한 대처법을 생각해 냈다.

길이 막혀 있으면 다른 길로 돌아가면 그만이다. 이래봬도 전직 길잡이다. 모로 가도 서울만 가면 되지 않겠는가.

"흠, 흠."

목을 살짝 풀었다. 짐짓 근엄한 표정을 지으며 제 딴에는 위엄 가득한 목소리로 말했다. 목소리를 많이 깔았다.

"정체를 감추려 했지만 역시 그대는 알아챘구나. 위대한 나는 그대의 높은 신앙심을 이제야 알겠도다."

엘렌은 또 황당해져서 신희현을 쳐다보고 말았다.

저 풋내기 플레이어, 또 왜 저런단 말인가. 그대의 높은 신앙심? 저 이상한 목소리는 또 뭐란 말인가. 혼란스러워졌다.

신희현이 또 굉장히 어색한 사극 말투로 말했다.

"나는 아주 감탄했도다. 그대의 신앙심을 칭찬하노라. 굉장히 감격했도다."

엘렌의 날개 끝이 살짝 구부러졌다. 사람으로 치자면 손발이 오그라드는 것과 비슷하다고나 할까.

"그러니 이제 그만 고개를 들라. 명령이노라."

"오오……."

사제는 감동한 듯했다. 엘렌이 민망해하는 것과는 별개로-심지어 신희현 스스로도 굉장히 민망해했다- 효과는 있었다. 사제가 고개를 들었다.

신희현이 또 말했다.

"나는 아직 미천한 몸. 내 지금의 네 도움을, 결코 잊지 않고 후에 크나큰 빛으로 갚아주리라."

물론 신희현도 지금 마음이 편치 않다.

'내가 도대체 뭘 하고 있는 거야?'

과거로 돌아와서 이런 사극 말투를 쓰며 나이 든 사제를 달래게 될 줄은 몰랐다.

손발이 오그라들어서 미칠 것 같은데 어쩌랴, 이게 최선인 것을.

"그러니 그대는 나를 도우라."

사제가 그제야 말했다.

"저는 비록 미천한 종이며 아무런 힘도 없는 나약한 자이지만…… 제가 돕겠습니다."

신희현은 말하고 싶었다.

그래, 빨리 좀 도와줘. 제발요.

한편, 엘렌은 뭔가 착잡함에 상황을 지켜보기만 했다.

'저게 먹혔어……?'

이걸 대단하다고 해야 할지, 황당하다고 해야 할지. 하여튼 스킬 활성화가 시작됐다.

수련의 신전.

그 한가운데에는 또 방이 있다. 진정한 의미의 '각성의 방'이라고 불리기도 하는 곳이었다. 엘렌과 함께 그곳에 들어섰다. 시간이 조금 흘렀다.

알림음이 들려왔다.

[진명 각성이 확인되었습니다.]
[현재 레벨을 확인합니다.]
[현재 레벨 24]
[진명 스킬을 활성화합니다.]

현재 레벨에 맞는 진명 스킬이 활성화되었다.

현재 레벨은 24.

[스킬: 영령 소환이 활성화되었습니다.]

혹시나 싶었던 신희현은 고개를 갸웃해야만 했다.

'영령 소환?'

영령 소환. 그렇게 낯설지는 않은 스킬이다. 예전에도 소환사들은 분명히 있었다. 소환사들은 말 그대로 소환을 해서 싸우는 클래스다.

소환수는 몇 가지로 분류되는데, 영령이 바로 그중 하나였다.

'첫 번째 소환은…… 영령인가.'

과거 폭풍이라 불렸던 강유석의 클래스와는 뭔가 좀 많이 다른 것 같은 느낌이지만 어쩌랴. 이미 강은 건넜다. 우직하게 밀고 나가야만 했다. 가족들과 애인을 살리고 최후의 보상도 얻으려면.

엘렌이 말했다.

"영령을 소환하시겠습니까?"

"영령 소환 방법은 안 알려줄 거야?"

엘렌이 태연스레 되물었다.

"알려드려야 합니까?"

"……어?"

신희현이 피식 웃었다. 당연히 안 알려줘도 된다. 이 '시스템'은 대부분의 경우, 특별한 '명령어'로 구동된다. 명령어만 알고 있으면 어려울 것이 별로 없다. 그 명령어를 몰라서 제대로 시작을 못 하는 것뿐이지 명령어를 모르면 TIP 알림을 활성화시키면 된다.

'그런데 이거 기분이 묘하네?'

안 알려줘도 되는데, 오히려 파트너가 '알려드려야 합니까?' 하고 되레 당당하게 물으니 뭐랄까, 조금 기분이 묘했다.

'스킬창 활성화.'

스킬창이 활성화되었다. 인벤토리와 마찬가지로 플레이어 본인에게만 보이는 플레이 창이다.

1. 기본 스킬

  1) 불굴의 의지

    육체의 능력과는 별개로 시전자의 정신력과 의지가 확인되었을 때 생성되는 패시브 계열의 스킬입니다.

    육체와 정신에 개입하는 모든 악영향에 대한 저항력이 10퍼센트 증가합니다.

그때, 극한의 고통 속에서 얻어낸 패시브 스킬이다. 레벨 100이 채 되기도 전에 저항력 스킬이 생겨 버렸다.

던전이 활성화되면 '저항력'은 굉장히 중요한 능력이 된다. 저항력에 특화된 버퍼들이 생겨날 정도로 말이다. 보통의 경우 아이템 하나당 '5퍼센트' 정도면 상급 아이템으로 친다. 그런데 10퍼센트다. 좋다. 아주 좋다.

다른 스킬을 확인했다.

2. 진명 스킬

　1) 영령 소환

　　영령을 소환합니다.

　　-필요 레벨: 21

그리고 신희현은 'TIP 알림음'을 활성화했다.

[영령은 전투에 직접적인 도움을 주는 전투형 영령 '딜러형'과 소환사를 지켜주는 '탱커형', 소환사의 회복을 돕는 '힐러형'으로 구분됩니다. 소환되는 영령의 속성은 랜덤으로 배정되며 플레이어는 이를 선택할 수 없습니다. 최초 소환 시 소환된 영령은 플레이어에게 영구 귀속되는 계약으로 간주되며 이는 플레이어가 소환사의 클래스를 유지하는 동안 유효합니다.]

신희현은 고개를 끄덕였다. 오래 생각할 필요 없었다. 소환사는 당연히 소환을 해서 싸운다.

강우석이 혜성처럼 등장했던 시기가 대격변 이후로부터 6년 후, 그러니까 지금 기준으로 따지면 8년 후이지 않았던가.

그럼 8년 동안 쥐 죽은 듯이 플레이를 해왔다는 건데, 그 이유가 어쩌면 '소환사'였기 때문일 수도 있었다.

어떤 특수한 이유 때문에 몸을 숨겨왔었고 그러다가 어느 특별한 계기를 통해 양지로 모습을 드러냈다고 가정할 수 있다.

"엘렌, 여기서 바로 소환을 진행하겠어."

"알겠습니다."

스킬 명령어를 말했다.

"영령 소환."

어두웠던 방 안이 황금빛으로 물들었다. 더 정확하게 말하자면 신희현은 발원지로 하여 황금빛이 뿜어져 나왔다. 아무것도 없는 공간에 돌풍이 일기 시작했다.

[영령을 소환합니다.]

바닥에는 별 모양의 특수한 문양이 생겼다. 그것은 조금씩 회전하는가 싶더니 이내 맹렬히 소용돌이치기 시작했다.

[영령 소환 절차가 완료되었습니다.]

바람이 걷히고 신희현의 몸에서 뿜어져 나오던 황금빛이
옅어졌다. 황금빛이 옅어지기는 했지만 여전히 눈이 부셨다.

신희현이 눈을 작게 떴다. 눈부셨던 황금빛 안개 사이로
누군가 모습을 드러냈다.

"이럴 수가……."

기억에 있는 얼굴이었다. 예상하지 못했던 의외의 인물이
소환 영령이랍시고 모습을 드러냈다.

'이 여자가…… 소환 영령이었다고?'

12장
스킬 사용을 허가한다

신희현은 잠시 혼란에 빠졌다.

'저 여자는.'

강유석은 사람들이 말하는 개또라이답게 여러 여자를 거느리고 다녔다.

강유석은 강간을 취미로 즐기는 놈이었는데, 상당히 가학적인 변태였다. 강간을 하면서 여자를 죽일 때에 쾌감이 느껴진다나 뭐라나.

그 죽이는 방법이 가히 혐오스러울 정도였다. 목을 졸라 죽이는 것은 예사고, 성기를 찢어 죽이거나 배를 가르는 등 누가 봐도 미친 짓거리를 즐겨 했었다.

그런데 그중에서 강유석과 '애인' 관계를 유지했던 여자가 몇 명 있었다.

강유석이 애인이라고 밝혔던 적은 없다. 실제 애인인지 아닌지는 밝혀지지 않았지만 사람들이 대충 그렇게 짐작했었다.

'이 여자가 영령이었어?'

이 여자에 대해서 밝혀진 것은 없었다. 사람이겠거니 했는데, 영령이었다고? 그것도 소환 영령?

"주인님을 뵙습니다. 영령, 루시아. 소환 의식을 마쳤습니다."

"너는⋯⋯."

"루시아입니다."

신희현은 혼란스러움을 느낌과 동시에 또 뭔가 앞이 트이는 듯한 기분이 들었다.

'이 여자가 영령이었다. 그렇다면⋯⋯.'

그렇다면 강유석 역시 소환사의 길을 걸어온 것 아니겠는가.

처음에 소환사라고 했을 때에 도대체 이게 뭔가 싶었는데 아무래도 강유석의 진명이 소환사인 것은 맞았던 것 같다. 긴가민가했던 것이 이제 확실해졌다.

"저에 관한 설명을 원하십니까?"

신희현이 고개를 끄덕였다.

이름은 루시아, 나이는 21세. 르파니아 전쟁에서 뛰어난 저격수로 활약했고 당시 은성 훈장을 7개나 수여받았다고 했다.

물론 신희현은 르파니아 전쟁이 뭔지 모른다. 그냥 그런 게 있나 보다 할 뿐.

"그러니까…… 너는 다른 세계의 영웅이다. 이런 건가?"

"그렇습니다. 최후의 보상 HAN을 얻는 것이 목적입니다."

신희현도 이런 내용 들은 적 있다.

소환수 중 일부는 인간의 형태를 하고 있고 그 인간들은 다른 세계에서 활약했던 영웅이라는 얘기가 있었다.

'이것은 시스템상 설정인 거냐.'

그도 아니면.

'정말로 다른 세계가 존재하고 있는 거냐.'

그에 관한 답은 당시 HAN을 얻게 될 때까지도 알 수 없었다.

애초에 소환사라는 직업이 딱히 알려진 직업도 아니었고 최후의 던전에 입성할 때 소환사는 단 한 명도 없었으니까.

소환사가 없으면 소환수도 없는 거다. 영령이고 뭐고 그런 게 없었다는 소리다.(어쩐 일인지 강유석은 그때 루시아와 함께 있지 않았다.)

지금은 역시 알 수 있는 게 없었다.

'결국은 HAN에 답이 있을 거야.'

루시아가 말을 이었다.

신희현은 수련의 방을 빠져나와 책상에 앉았다. 그리고 엘렌에게 물었다.

"엘렌."

"말씀하십시오."

"나는 직접 전투 클래스가 아닌 거잖아. 그렇지?"

"그렇습니다."

"그렇다면 이곳에서도 소환이 가능할까?"

아직 대격변 이전이다. 대격변 이전에는, 직접 전투 클래스는 현실에서 힘을 쓸 수 없었다.

엘렌이 고개를 끄덕였다.

"가능합니다."

그런데 엘렌의 기분이 묘하게 좋아 보였다.

신희현이 피식 웃었다. 엘렌의 마음, 알 것 같다.

여태까지 매일 독단적으로 결정하고 행동해 왔는데 엘렌에게 거의 처음으로 질문한 것 아니겠는가.

파트너로서 인정받고 있다.

이렇게 느껴질 거라고 신희현은 막연하게 생각했다.

'가끔은 이렇게 물어봐 줘야겠어.'

사실 궁금하면 그냥 실험해 보면 그만이다. 그런데 굳이 물어봤다. 일종의 서비스 같은 거다. 파트너는 주인과 종의 주종 관계가 아니다. 말 그대로 파트너.

아주 가끔은 파트너의 기분을 배려해 주는 것도 나쁘지 않으니까.

'소환을 해볼까.'

소환을 해봤다. 수련의 방에서와 같은 현상이 벌어졌다.

책상 위에 올려져 있던 종이가 마구 휘날렸다. 황금빛이 번쩍거렸다. 와장창! 하고 창문도 깨졌다. 방 안이 난장판이 되어버렸다.

문이 벌컥 열렸다.

"무, 무슨 소리야!"

신희아였다. 거실에서 TV를 보고 있었는데, 갑자기 창문이 깨지는 소리가 들려서 달려왔다.

"오빠……?"

신희현은 멋쩍게 웃었다.

"내 잘못 아니다."

야구공 하나를 집어 들었다.

"밖에서 날아왔어."

"아이씨, 또야? 한동안 잠잠하다 싶었더니. 내 저 꼬맹이 놈들을 그냥!"

신희아는 씩씩댔다. 신희현은 다행이라고 생각했다. 집 안에 굴러다니고 있던 야구공이 아니었다면 이 상황을 설명할 수 없을 뻔했다.

"오빠 어디 안 쳤지?"

"어, 멀쩡하다."

"내가 이번엔 진짜 단단히 따질 거야. 걔네 부모님한테도 얘기할 거고."

"내가 할게."

"오빠가?"

"어, 오빠잖아."

신희아는 고개를 갸웃했다.

저 오빠, 역시 뭔가 달라졌다. 뭐가 달라졌는지는 모르겠지만 하여튼 뭔가가 달라졌다. 원래 알던 오빠가 아닌 것 같은 그런 기분이랄까. 그리고 뭔가.

"오빠 요즘 좀 오글거리는 거 알아? 왜 그래?"

좀 느끼해졌다. 유독 오빠란 말도 많이 하고. 뭐랄까, 애틋한 눈으로 바라보기도 하고.

하여튼 좀 짜증 아닌 짜증이 났다.

신희현이 황당한 소리를 했다.

"빛의 성웅이셔서 그런다. 세계 평화를 지키는 빛의 성웅."

신희아는 답이 없다면서 고개를 절레절레 저었다.

"야구공에 머리를 얻어맞았나 봐."

"그래, 가까이 오지 말고 저리 가 있어. 발 다칠라."

"아, 진짜 짜증 나. 왜 그래? 너 내 오빠 맞아? 아, 그리고 좀. 방 정리 좀 하고 살아라. 폐인이야? 뭐 이렇게 더러워? 무슨 어휴…… 말을 말자. 내 방도 더럽지만 이 정도는 아니다 진짜."

평소라면 '야, 니가 치워'라든가 '빗자루랑 신문지 같은 거 챙겨 와'라고 말을 했을 텐데 그런 것도 아니다.

신희현은 피식 웃었다. 저렇게 짜증을 내는 모습도 귀엽다고 느꼈다. 한 번 잃었다. 그렇기에 예전과는 동생을 대하는 태도가 달라질 수밖에 없었다. 물론, 동생 입장에서는 엄청나게 오그라들겠지만.

신희현이 피식 웃고 말했다.

"구리게 생긴 게. 얼른 안 꺼지냐?"

"죽을래? 오빠도 구리거든?"

"빨랑 나가. 귀찮으니까."

신희아는 그제야 '이제야 내 오빠답네'라고 중얼거리며 방을 나갔다. 그리고 아무도 없는 허공을 향해 신희현이 말했다.

"너도…… 그게 가능한 거였냐?"

분명 아무도 없는 곳이었는데, 누군가로부터 내답이 들려왔다.

"기본적으로 저는 영체 상태를 유지합니다."

"이 말은 나한테만 들리는 거고?"

"그렇습니다."

루시아였다. 루시아가 말했다.

"타깃은 저 여자입니까?"

신희현은 황당해졌다.

저 여자가 누군가 생각해 봤더니 아무래도 희아를 말하는 것 같았다. 루시아의 눈이 반달을 그렸다.

"……죽입니까?"

입술을 혀로 살짝 핥았다.

신희현이 인상을 찡그렸다. 루시아는 모르고 한 말이지만, 진심으로 화가 치밀어 오를 뻔했다.

"허튼소리 하지 마."

"저 여자는 위험합니다. 주인님을 위협했습니다."

무슨 말인고 하니, 아까 신희아가 신희현에게 '죽을래?' 하고 물었던 것이 기억났다. 아무래도 그것 때문인 것 같았다.

"그 어떠한 일이 있더라도 쟤는 건드리면 안 돼. 절대로. 아니, 내 명령 없이 아무도 공격하지 마."

"저는 주인님의 명령이 없으면 그 누구도 공격하지 않습니다."

그러면서 입맛을 한 번 다셨다. 뭔가 아쉽다는 것처럼 말이다.

"루시아, 분명하게 말한다. 이곳으로 복귀를 한 상태에서는 내 명령 없이 그 누구도 공격하지 마. 만에 하나라도 그런 일이 발생하면 나는 너와 HAN을 공유할 생각이 전혀 없어. 명심해."

"물론입니다. 알겠습니다."

루시아가 고개를 끄덕였다. 그리고 질문했다.

"그런데 이곳에 관한 정확한 정의가 필요합니다."

"이곳, 지구 말이야?"

"저는 이해할 수 없는 개념입니다. 제게는 모두 같은 세상입니다."

신희현은 머리를 긁적거렸다. 어떻게 설명을 해줘야 할지 모르겠다. 그는 많은 것을 경험했지만 영령을 대하는 것은 처음이었으니까.

그때 입을 다물고 있던 엘렌이 말했다.

"활성화 명령을 통해 활성화되는 방과 던전을 제외한 곳입니다."

루시아가 고개를 끄덕였다.

"파트너의 말이 맞습니까?"

"맞아."

현재까지는. 아직까지는 그렇다.

'대격변 이후로는 조금 달라지겠지만.'

유리 조각들을 다 치운 신희현이 허리를 세웠다. 대충 시
간이 된 것 같다.

"엘렌, 수련의 방 쿨타임은 끝났냐?"

"예, 정확히 3초 전에 끝났습니다."

엘렌은 신희현을 여전히 이해할 수 없었다. 마치 생체 시
계처럼 정확했다. 공격 타이밍도 리젠 대기 시간도, 그 모든
것을 몸으로 체득하고 있는 기분이었다.

"그럼, 루시아의 능력을 확인하러 가 볼까?"

강유석의 발자취를 좇는 중이다.

과거 폭풍이라고 불렸던 그 미친개 말이다.

루시아가 아주 조금 상기된 얼굴로—자세히 보지 않으면
모를 정도로 미세할 만큼— 물었다.

"……죽일 수 있는 겁니까?"

루시아가 약간 흥분한 상태인 것 같았다. 어쨌든 수련의
방을 활성화시켰다.

'이제부터가 진짜 시작이라고 할 수 있겠어.'

소환사로서의 첫걸음.

시작이었다.

본격적인 시작에 앞서 신희현은 레벨 디텍터를 한 번 사용해 봤다.

[판독이 불가능합니다.]

[레벨의 격차가 지나치게 큽니다.]

확인할 수 없었다.

'보통 소환수는 레벨 1부터 시작하는데.'

뭔가 조금 이상했다. 그래서 엘렌에게 물었다.

"내가 내 소환 영령의 레벨을 확인할 수는 없는 거야?"

"확인 가능합니다."

"어떻게?"

"소환 영령의 상태창을 활성화시키면 됩니다."

그래서 확인해 봤다. 신희현의 입이 쩍 벌어졌다.

'레벨이……'

이게 뭐지.

두 눈을 비벼봤다.

'172?'

루시아의 현재 레벨은 172. 다시 한 번 두 눈을 비벼봤다.

"엘렌, 뭔가 오류가 난 것 아냐?"

"아닙니다. 정확합니다."

레벨이 172라니. 지금은 시스템 활성이 된 극 초반이다. 그런데 시작 레벨이 172다? 약 5년이 지나고 나면 레벨 172가 그렇게 높은 건 아니다.

당장 3년만 지나도 레벨 100부터가 진짜 플레이어로서의 시작이라고 말을 한다.

그러나 지금 이 시기의 레벨 172는 넘을 수 없는 사차원의 벽 같은, 아득히 높은 레벨이라고 볼 수 있었다.

"그러나 신희현 플레이어의 레벨 때문에 루시아의 본 힘을 끌어낼 수 없습니다."

"어느 정도의 힘을 끌어낼 수 있는 거야?"

"소환 영령의 힘은 현 플레이어의 레벨에 비례합니다."

"그 말인즉, 레벨 24까지의 힘을 끌어낼 수 있다는 거야?"

"그렇습니다."

루시아는 엘렌과 비슷한 표정으로, 그러나 엘렌과는 다른 말을 했다.

"언제 죽이러 갑니까?"

이쯤 되니 신희현은 느낄 수 있었다. 지금 루시아는 굉장히 흥분한 상태다. 뭐가 됐든 죽이고 싶은 모양이었다.

'강유석이 그토록 강해질 수 있었던 건…… 이런 소환 영령이 있었기 때문인가?'

그런데 그게 또 말이 안 된다. 신희현의 레벨이 20이면 소환 영령의 힘도 20으로 제한된다고 했다.

그렇다면 소환 영령이 본신의 힘을 제대로 끌어내기 위해서는 플레이어 본인 역시 레벨이 높아야 한다.

신희현은 일단 걸음을 옮겼다.

수련의 마을. 동문을 나섰다.

'일단 레벨 30이 목표다.'

시작의 마을에만 퀘스트가 있는 게 아니다. 수련의 마을에도 퀘스트가 있다. 물론, 최단 시간 최단 루트 공략은 이미 알고 있다. 알고는 있으나 아직은 실행이 불가능했다. 적어도 레벨 30은 되어야 했다. 그래야 그놈을 잡을 수 있으니까.

시작의 마을 몬스터 존 앞마당에 토끼가 있다면 수련의 마을 몬스터 존 앞마당에는 큰 메뚜기가 있다.

토끼와 이름만 다를 뿐. 거의 비슷한 능력치를 가진 몬스터다. 비선공 습성을 가지고 있으며 전혀 위험하지 않다. 움직임이 재빨라서 잡기가 어려울 뿐.

루시아가 혀를 할짝거렸다. 붉은 입술을 혀로 핥았다.

"무기를 로딩하겠습니다."

신희현은 루시아를 제지하지 않았다. 루시아의 능력을 확인해 봐야 했다.

'루시아는⋯⋯.'

루시아가 무기를 꺼내 들었다. 소환 영령 역시 플레이어와 마찬가지로 인벤토리 비슷한 것을 사용할 수 있는 깃 같았다.

'원거리 딜러일 거다.'

신희현는 루시아에 대해서 잘 모른다. 강유석의 애인 중 한 명이었다는 사실만 알려져 있을 뿐, 그 얼굴을 본 사람조차도 극소수였으니까.

그녀가 전면에 나서서 뭔가를 한 적도 별로 없다. 그래서 신희현도 루시아의 얼굴과 클래스 정도만 알고 있었다.

'능력을 확인해 봐야겠어.'

눈앞에 메뚜기들이 보였다. 토끼 정도의 덩치를 가진 메뚜기였다.

'메뚜기의 레벨은 고작 3.'

루시아의 능력이 제한된다고는 해도 레벨 24만큼의 힘은 꺼내 쓸 수 있을 터였다.

"명령을 내려주십시오."

"좌측, 9시 방향에 보이는 메뚜기 한 마리를 사살한다."

"명을 받듭니다."

루시아가 혀로 입술을 핥았다.

그 자리에서 자기 몸만큼이나 거대한 라이플을 발사했다. 어이없는 건 누운 것도 아니고 그냥 견착을 한 상태로 발사했다는 것.

도무지 현실감이 들지 않는 장면이었다. 현실이라면 절대로 불가능했을 것이다. 반동 때문에라도 어깨가 작살났겠지.

'소환수와 마찬가지로…… 일일이 명령을 내려줘야 하는 건가.'

소환수에도 종류가 있다. 마수같이 본능에 의지해서 제멋대로 날뛰는 종류, 주인의 명령에 따라 움직이는 종류.

종류가 상당히 다양한데, 어떤 소환수의 경우는 주인이 세세한 명령을 내려줘야 했다. 그러한 형태의 소환수를 3마리 이상 보유한 소환사의 경우는 사냥이 힘들 정도였다. 일일이 멀티 플레이를 하듯 명령을 끊임없이 내려줘야 했으니까.

하지만 해결책이 없는 건 아니었다.

'아, 잊고 있었네.'

그러한 문제를 해결해 줄 수 있는 스킬이, 소환사에게 있었다.

'그게…… 레벨 50 언저리에 활성화되는 스킬이었던 것 같은데.'

정확하게는 잘 기억이 안 났다. 소환사라는 클래스에 딱히 관심이 없었으니까. 어쨌거나 해결책은 존재했다.

탕!

거대한 총성이 울려 퍼졌다. 그와 동시에 메뚜기 한 마리의 몸이 폭발하듯 터져 버렸다.

[큰 메뚜기를 사냥했습니다.]
[소환 영령 공헌도 100퍼센트로 인정됩니다.]
[소환 영령 공헌도 100퍼센트에 따른 특수 경험치 20퍼센트가 추가 지급됩니다.]

신희현은 자신의 귀를 의심해야만 했다. 이런 알림, 처음 듣는다.
'소환 영령 공헌도 100퍼센트에 따른 경험치 20퍼센트 추가 지급?'

[소환 영령과 플레이어는 경험치를 공유합니다.]

신희현은 생각에 빠져들었다.
'20퍼센트 추가 지급?'
성웅의 증표로 인한, 솔로 플레잉 시 20프로 추가 지급.
거기에 소환 영령 공헌도 100에 따른 20프로 추가 지급.
그에 더해 룰 브레이커를 사용한 상위 레벨 몬스터 사냥으로 20프로 추가 지급.
도합 60퍼센트의 경험치가 추가 지급된다.

지금이야 저레벨이라서 그렇다 치더라도 레벨이 높아지면 높아질수록 소환사는 전면에 나설 수 없게 된다.

소환사는 당연히 소환수를 가지고 전투에 임한다. 그 말인 즉, 언제나 소환 영령이 공헌도를 100씩 가져갈 수밖에 없다는 거다. 전략만 잘 짜면 60프로의 경험치를 추가로 획득할 수 있다.

'그런데…… 소환 영령과 경험치를 나누게 되니까.'

100의 경험치를 얻는다 하면, 60을 추가로 얻어 총 160의 경험치를 얻는다. 그걸 소환 영령과 나누게 된다. 그러면 플레이어 본인은 80만큼의 경험치를 얻게 된다는 소리다.

'그렇게 생각하면…… 내 본신 레벨을 올리는 것에는 약간의 제약이 생긴 셈인가.'

아주 좋다고도, 아주 나쁘고도 할 수 없는 애매한 상황이다.

'하지만 내게는 룰 브레이커가 있다.'

'성장형 아이템' 룰 브레이커. 레벨 절대 룰을 깨뜨릴 수 있는 무구 말이다.

'성웅의 증표 역시…….'

칭호 업그레이드가 가능할 거다. 지금 당장은 어렵지만 분명 방법은 존재한다. 칭호를 업그레이드한다면 그 효과 역시 증폭될 터.

그렇게 되면 소환 영령과 경험치를 나눈다 하더라도 빠른 레벨 업이 가능해질 거다.

'여러모로 계산을 해보면 이건 이득이다.'

신희현은 루시아를 쳐다봤다. 이건…… 이득이다.

현재 루시아의 레벨은 24라고 생각해도 무방했다. 24라면, 플레이어로 치더라도 각종 스킬이 활성화되는 시기는 아니다. 기본 능력 외에 다른 능력들을 기대하기란 어렵다는 소리다.

루시아의 능력이 대충이나마 확인됐다. 그렇다면 그 능력을 최대한 활용해야 하지 않겠는가. 기가 막힌 생각이 떠올랐다.

"이동한다."

엘렌이 물었다.

"어디로 이동합니까?"

"동쪽."

엘렌은 더 이상 묻지 않았다. 신희현에게 뭔가 생각이 있을 거라고 생각했다.

'동쪽이면…….'

해안 절벽이 있는 곳이다. 엘렌도 뭔가를 떠올렸다.

'역시 신희현 플레이어.'

주어진 수들을 활용하여 최상의 결과를 이끌어 내는 플레이어.

다소 황당하고 어이없으며 이상한 풋내기(?) 이기는 하지만 어쨌든 그는 최고의 결과를 이끌어 낸다.

"해안 절벽…… 이군요."

신희현이 씨익 웃었다. 엘렌의 태도를 보아하니, 이제 제법 파트너의 마음을 읽을 수 있게 된 것 같았다.

"제법이야, 엘렌. 위험하다느니 어쩐다느니, 그런 말 안 하네."

"방법이 있을 거라 신뢰합니다."

얼마 뒤, 알림음이 들려왔다.

[몬스터 존, '해안 절벽'에 진입했습니다.]

to be continued

우지호 장편소설

빅 라이프

돈도 없고 인기도 없는 무명작가 하재건,
필사적으로 글을 써도
절망뿐인 인생에 빛은 보이지 않는데…….

어느 날,
그가 베푼 작은 선의가
누구도 믿지 못할 기적이 되어 찾아왔다!

'글을 쓰겠다고 처음 결심했던 때를
잊지 말게.'

무명작가의 인생 대반전!
지금 시작됩니다.